KB125112

반성의 디자인_재재

반성의 디자인

재재 再材

껍데기를 알맹이로 바꾸는 일상의 기록

김경란 지음

책▥

차 례

1. 엄마가 된 후

2. 반성의 디자인

3. 보통의 하루, 새로운 시작

프롤로그

오늘도 그럭저럭 별일 없는 하루를 보냈다.

그러나 21세기인 지금도 지구 반대편에서는 총과 칼을 겨누는 전쟁이 2년이 넘도록 계속되고 있고, 그 여파로 하루아침에 가족을 잃는 사람들도 허다하다. 기후변화로 인한 극심한 기상이변으로 매년 수많은 동식물이 멸종하고, 크고 작은 대자연의 재앙 앞에 인간은 여전히 한낱 미물, 그 이상일 수 없는 나약한 존재일 뿐이다. 그리고 불과 몇 해 전 우리는 신종 바이러스로 전 세계 수억만 명이 죽는 광경을 눈앞에서 목격한 바 있다. 그러고 보면 전쟁과 가난, 기후 위기와 온갖 질병들 속에서 인류를 지켜줄 수 있는 안전한 울타리는 어디에도 없을 것만 같다. 이쯤 되면 그럭저럭 보내는 이 하루는 얼마나 감사한가.

눈뜨면 저출산에 관한 기사가 하루걸러 하나씩 나온다. 기후 위기와 경제 악화, 물가 폭등에 관한 기사도 줄줄이 비엔나처럼 엮어서 말이다. 그런 뉴스를 매일 접하다 보면 앞으로 다가올 미래에 걸 수 있는 희망은 없어 보인다. 그래서 나는 엄마가 된 어느 시점부터 뉴스를 보지 않으려 애쓴다. 그런 안타까운 소식에 일희일비하는 태도가 결코 아이들을 키우는 데 도움이 되지 않기 때문이다. 그러나 아무리 모른 척하려 해도 눈앞의 현실을 모두 외면하긴 어렵다. 우리 동네 초등학교는 매년 신입생의 학급 수가 하나씩 줄어들고 있다. 지역의 청년들은 일

자리를 찾아 수도권으로 떠나고, 젊은이들이 떠난 동네 놀이 터에서는 어린이를 만나는 것보다 노인을 만날 확률이 더 높다. 1980년대 농촌에 살았던 나는 이와 비슷한 경험을 한 적이 있다. 나는 전교생이 60명이 채 안 되는 분교를 졸업했는데, 내가 졸업한 후 몇 해 지나지 않아 그 분교는 노인요양원으로 바뀌었고 내가 졸업한 국민학교에 나의 할머니가 다시 입원하는 웃지 못할 상황이 벌어졌다.

어른이 되면 결혼을 하고 자식을 낳는 것이 순리라 여기던 시대도 이제 옛날이야기가 되는 것일까? 청년들은 이제 더 이상 결혼과 출산을 목표로 삼지 않는다. 높은 물가, 기후 문제, 교육 격차와 빈익빈 부익부 현상 등 결혼과 출산을 망설이는 이유를 하나하나 손으로 꼽자면 열 손가락이 모자랄 지경이다.

새끼를 키울 수 없는 환경이라 판단되면 모든 동물은 번식을 중단한다. 같은 이유로 인류에게도 서서히 개체수를 줄여 나가는 시기가 도래했고 부모가 된다는 것은 이제 크나큰 용기가 필요한 일이 되었다.

그럼에도 불구하고 나는 엄마가 되었다. 나는 이 모든 위협 속에서 내 아이들을 무사히 지켜낼 수 있을까? 사실 그런 문제들을 모두 돌파해 나갈 자신이 있어서 엄마가 되기로 결심한 것은 아니다. 엄마가 되고 보니 비로소 일련의 모든 상황이 자녀를 위협하는 요소로 보이기 시작한 것일 뿐.

하지만 인류의 진화 과정에서 어미가 느끼는 이 불안감은 늘 어떤 형태로든 존재해 왔다. 그리고 극한이라 생각되는 모든 상황 속에서도 기적처럼 새로운 생명은 태어난다. 내가 살아온 세상에서 나보다 더 오래 살아가게 될 아기가 내 몸을 통해 태어나는 순간, 엄마는 그 작고 나약한 생명을 보호하려는 강한 본능에 이끌려 살아간다.

이 책은, 내가 엄마가 되지 않았다면 결코 시작하지 않았을 일들과 엄마로서 느끼는 무거운 책임감 그리고 엄마의 역할을 다하고 난 후 다시 나 개인의 쓸모를 찾아가는 여정에 관한 이야기이다. 이 세상 모든 생물에게는 태어나는 순간부터 유한한 시간이 주어지고, 산다는 것은 아마도 그 유한한 시간 속에서 끊임없이 나의 쓰임을 증명해 나가는 것이 아닐는지.

부디 나의 이 평범하고도 시시한 이야기가 책을 읽는 누군가에게, 인류라는 공동체가 함께 느끼는 공감대로 이어지기를 바란다.

1

엄마가 된 후

나는
엄마

나는 사진가의 아내이자, 세 아이의 엄마이다. 대학 졸업 후 십여 년간은 직장에 몸담고 있었으나 결혼 후 출산을 하면서 핏덩이 같은 아기를 누군가에게 맡기고 다시 회사로 돌아갈 용기가 없어 전업주부의 길을 선택했다. 3kg이 채 되지 않던 아기의 탄생이 내 삶을 이토록 송두리째 바꾸어놓을 거라고는 짐작하지 못했다. 혹시 엄마가 되려고 내가 이 세상에 태어났나 싶을 정도였다. 하늘이 노래지는 열다섯 시간의 진통 끝에 아기가 울음을 터트리며 첫 호흡을 내뱉던 순간 나도 기진맥진한 상태에서 엄마라는 존재로 다시 태어났다.

그날 이후 나는 아기가 먹는 모든 것과 자는 것, 입는 것, 심지어 트림하고 손톱을 깎는 시시콜콜한 일부터 기고, 앉고, 서고, 직립보행을 하기 시작한 절체절명의 순간들까지, 아기에 관한 모든 일에 경중을 따지지 않고 일거수일투족 관여해야 했다. 퇴근할 수도, 퇴사할 수도 없는 이 일은 밤낮과 공휴일을 가리지 않으며 법정 근로시간도 우습게 뛰어넘는다. 아기의 아주 작은 인기척도 들을 수 있는 초능력이 생겼고, 성장에 동력이 되는 음식을 만드는 전속 요리사이기도 했으며, 아기가 아프기라도 하는 날이면 기꺼이 3초 대기 당직 간호사가 되었다. 동화책을 실감 나게 읽어주는 낭독자가 되거나 방구석 콘서트를 여는 늦깎이 신인 여가수가 되기도 하고 아기에게 위협적일 수 있는 모든 요소를 사전에 점검하는 안전 관리사가 되기도 하는 등 여러 수십 가지의 역할을 동시다발적으로 수행해야 했다.

나는 태어나서 이토록 중차대한 임무를 맡아본 적이 없다. 또한 이렇게까지 나를 절대적으로 지배했던 존재도 지금껏 만나 보지 못했다. 죽고 못 사는 연애도, 그 어떤 근로계약도, 이 정도로 나를 얽매지는 못했는데 갓 태어난 아이는 손 하나 까딱 않고 그것을 가뿐히 해낸다. 남들보다 잘 먹이고, 번듯하게 잘 입히고, 유난히 쓸고 닦는 것도 아닌데 늘 하루가 모자란 기분이 들고 집안일은 돌아서면 팝콘처럼 여기저기 속수무책으로 불어났다. 매달 나가야 하는 지출과 통장 잔고에 유난히 숨이 콱콱 막혀오는 날, 평온히 잠든 아이들의 얼굴을 보며 '저 어린 것을 언제 다 키우나!' 싶은 버거움에 한숨이 났던 적도 있었음을 고백한다. 하나였으면 누구라도 충분히 귀염 받았을 텐데 괜한 부모 욕심에 셋이나 낳아 한 명도 제대로 못 키우는 것은 아닐까 미안한 마음이 들다 가도 삼 남매 서로 웃고 의지하는 모습을 보면 잘한 일인가 싶기도 하다. 그렇게 결혼 생활 14년 중 3년은 임산부였고, 4년은 수유부였으며, 학부모가 된 지는 올해로 6년째. 하루하루 정신없이 살다 문득 거울을 보니 어느새 흰 머리카락과 주름이 예고 없이 찾아 들었다.

그사이 가입한 적 없는 경단녀 클럽의 정회원이 되어 있었고 이전의 경력들은 이미 휴지 조각이 된 지 오래였다. 그래도 딱히 억울 할 것은 없다. 나만의 일방적인 사랑은 아니었기 때문이다. 한동안 나는 아이들에게 이 세상 누구보다 사랑받는 생명체였다. 내가 아주 잠깐 자리를 비운 동안에도 세상이 무너질 듯 닭똥 같은 눈물을 뚝뚝 흘리고, 세수도 하지 못한 나의 볼을 쓰다듬고 입을 맞추었다. 그렇게 아이들과 나는 한동안 한 몸처럼 붙어 지냈다. 그러나 영원한 보직은 없고, 어떤 일이든 정년이 되면 은퇴하기 마련이다. 아이들이 자라자 차츰 스스로 할 수 있는 것들이 많아졌고 트림 유도사, 인간 보행기, 화장실 지킴이, 대소변 처리 기능사 같은 가벼운 보직들부터 서서히 내려놓게 되었다. 내 치맛자락을 붙들고 느릿느릿 걸음을 떼던 큰아이는 어느덧 배꼽까지 오다가, 명치끝에 닿는가 싶더니, 턱에 닿는 것도 놀라웠는데, 심지어 지금은 나보다도 조금 크다. 하루가 멀다고 곁에 다가와 도토리 키 재기 하던 아이에게 아직은 엄마가 더 크다고 콧방귀를 꼈었는데 이렇게 깜빡이도 없이 추월해 버리다니.

지나고 보면 이렇듯 시간은 쏜 화살처럼 빠르기만 한데 힘든 시절들은 유독 영원처럼 길게 느껴져 막막할 때가 있다. 하지만 언제 시간이 거꾸로 흐르거나 멈추었던 적이 단 한 번이라도 있었던가. 붙잡고 싶어도 잡을 수 없는 것이 '시간'임을 잊지 말고 오늘도 단정하고 다정하게 내게 남은 시간을 채워 가야겠다.

거칠고
아름다운 손

　내가 남은 생의 매 순간순간을 허투루 보내지 않고 거의 모든 일에 정성을 기울이며 산다고 해도 이분만큼 살아내지는 못한다. 일제의 식민지 탄압 속에 태어나 꽃보다 예쁜 열다섯에 결혼하여 치열했던 한국전쟁과 모진 피난살이 속에서도 아홉 명의 자식을 키워내신 나의 할머니. 적지 않은 연세에 둘째 아들을 앞세우고 엄마도 없이 혼자 남겨진 나를 데려와 다섯 살부터 스무 살이 될 때까지 품 안에 보듬어 키우셨다.

넉넉하지 않은 집안 살림, 구부러진 허리를 하고 다시 시작된 육아. 하지만 나는 그녀가 신세를 한탄하거나 누구를 원망하는 것을 단 한 번도 본 적이 없다. 마땅히 자신이 해야 할 일이라 여기셨고 늘그막에 어린 내가 곁에 있어 당신은 웃는 날이 더 많았다며 오히려 나에게 고마워하셨다. 고된 농사일만으로도 벅차셨을 텐데 철마다 먹거리를 다듬고 장을 담아 자식 중 누구 하나 소외됨이 없이 두루 챙기시고 마당 한번을 쓸더라도 대문에서 시작해 집 안쪽으로 쓸어 담으시며 집안의 허물은 밖으로 내보내선 안 된다고 가르치셨다. 만만치 않은 삶 속에서도 큰소리 한번 내신 적이 없으셨고 검소함과 부지런함, 그리고 한결같은 다정함을 잃지 않으셨던 나의 할머니. 온화한 할머니의 성품 덕분에 나는 물질적으로 풍족하진 않았지만, 정서적으로 매우 안정된 유년 시절을 보냈다. 한 아이를 키우는 데 온 마을이 필요하다는 말이 있지만 온전한 사랑을 줄 수 있는 한 명의 어른만 있어도 아이는 아픔 없이 자랄 수 있다. 엄마가 된 후 나는 그녀의 사랑이 얼마나 위대했는지 매일매일 깨닫는 날들을 보낸다. 아니, 아직도 그 사랑과 희생의 크기를 가늠할 수 없어 할머니란 이름을 떠올리는 것만으로도 나는 콧잔등이 시큰거린다.

어린 시절, 조용한 아이였던 나는 무엇보다 달리기 하나는 자신 있었다. 가슴이 터질 듯 달려와 일등으로 리본을 끊었을 때, 그때만큼은 온 세상을 다 가진 벅찬 기분이었다. 4학년 가을 운동회였던가. '사람 찾기' 장애물 달리기가 있던 날. 제일 먼저 장애물 앞에 도착해 수많은 쪽지 중에서 하나를 골라 펼쳐 든 나는 운동장 한가운데 우두커니 서서 한 발짝도 움직일 수가 없었다. '엄마'라고 적혀 있었기 때문. 친구들은 저마다 교장 선생님, 체육 선생님, 모자 쓴 사람, 치마 입은 사람 손을 잡고 나를 앞지르기 시작했다. 보다 못한 할머니가 뛰어와 쪽지를 보시고는 "하이고 우짜꼬. 누가 우리 애 손 좀 잡고 뛰어주이소! 예?" 결국 옆집 아주머니의 손을 잡고 맨 꼴찌로 결승점에 들어왔던 날 밤, 할머니와 나는 서로에게 들키지 않으려 숨죽여가며 소리 없이 울었다.

결혼 후 엄마가 되고 보니 엄마가 필요한 순간들은 더 많았다. 아기가 이유 없이 아플 때, 김치 담는 방법을 모를 때, 누군가가 해주는 따뜻한 밥이 그리울 때. 순간순간이 장애물 달리기 같았다. 하지만 그 운동장, 열한 살의 나처럼 더 이상 멈춰 있지 않는다. 누군가를 보호해야 할 '보호자'의 의무를 지며 나는 진정한 어른으로 성장했다. 남편은 언제나 든든한 지원군이 되어주었고 첫째를 키워본 경험이 둘째를 키우는 데 자산이 되었다. 막내는 누나들이 많이 도와주니 훨씬 더 수월하다. 엄마 없이 서러웠던 날들이 지나고 어느새 나를 엄마라 부르는 아이가 셋. 마음껏 불러보진 못했지만, 실컷 들어보기라도 하라는 하늘의 뜻인 걸까.

몇 해 전 할머니는 단출한 세간 살림과 낡은 농기구 몇 자루, 몇 벌 안 되는 옷가지를 남기고 세상을 떠나셨다. 정신이 온전하실 때 자신의 짐들을 하나씩 담담히 정리하시던 모습이 생각난다. 하지만 돌아가신 후에도 할머니는 여전히 내 삶 곳곳에 살아 계신다. 걸레질할 때 바깥쪽에서 안쪽으로 쓸어 담는 습관은 그녀에게서 비롯된 것이고, 아이들 공부보다 끼니를 챙기는 일에 더 정성을 쏟는다. 사과 하나를 깎더라도 둥글게 살라고 꼭 둥근 접시에 담아주시곤 하셨는데 요즘은 내가 아이들에게 똑같이 하고 있다. 그깟 접시 하나에 뭐 그리 큰 의미를 두나 싶겠지만 주말마다 예배당이나 절에 가서 가족의 안녕을 빌 여유나 있으셨을까. 어디, 그저 밥 한 숟갈 먹이며, 바늘 한 땀 꿰며, 걸레 한 번 훔치며, 그렇게 매 순간 기도하시며 사신 것은 아닌지 짐작해볼 뿐이다.

학창 시절 나는 친구들에게 '6.25도 겪어본 노인 같다.' '너랑 있으면 우리 할머니랑 이야기하는 것 같다.' '보릿고개 시절에 던져봐도 살 것 같다.'라는 말을 자주 듣곤 했는데 아주 틀린 말은 아니다. 할머니와 함께 살며 옛날이야기들을 많이 듣고 자랐고 그 덕분에 할머니께서 겪어오셨던 일들이 나에겐 간접경험이 되었다. 엄마가 된 후로는 내 인생관의 범주가 더욱 넓

어져 아이들의 미래까지도 모두 내 삶의 일부이다.

　오늘처럼 봄볕이 따뜻한 날이면 넓은 싸리나무 채반에 산나
물을 쪄다가 가득 말리시고, 수돗가에 앉아 국수를 삶아 건지
시던 할머니가 생각난다. 어둑한 밤이 되어서도 쉬지 못하고
반짇고리를 꺼내 앉아 구멍 난 옷가지와 양말을 꿰매던 할머
니. 인제 그만 쉬시라 말씀드리면 "이게 쉬는 거지. 이보다 수
월한 일이 어디 있다고." 하셨다. 요즘 구멍 난 양말 꿰매 신는
사람 있을까? 단추 하나 다는 것도 수선집에 맡기는 시대인데.
세상에서 제일 수월한 일이라고 여기셨던 바느질도, 궁색하
거나 귀찮은 일로 치부되는 요즘. 굳은살이 가득해 골무도 필
요 없던 그 거칠고 아름다웠던 손을 나는 영원히 잊지 못한다.

　그녀의 삶은 대체로 고달팠으나 맑은 정신으로 언제나 검소
하게 사셨고 자연과 사람 그 누구에게도 해를 끼치지 않고 떠
나셨다. 산과 들에 피어난 소담하고 어여쁜 풀꽃처럼 조용하
지만 강인하게 살다 가신 나의 할머니. 그녀에게 받은 사랑의
천만분의 1도 갚지 못한 나는 할머니를 기억하고 또 그리워하
는 것밖에 도리가 없지만 그녀가 살아온 삶의 태도는 내 정신
을 이루는 아주 중요한 조각이 되었다.

오래된 물건 수집가

나는 오래된 사물을 좋아한다. 어렴풋이 기억하는 지난날, 주변에서 자주 보았던 물건을 수집하는 것이 좋았다. 소반과 그릇, 반짇고리와 소쿠리 같은 것들인데, 그런 물건을 가까이 두고 사용하는 것만으로도 편안함을 느꼈다. 오래된 사물이 전하는 미감은 공장에서 생산된 공산품에서는 결코 찾을 수가 없고, 세월의 더께가 입혀진 사물은 내가 존재하지 않았던 시간마저 짐작하게 한다. 그리고 그 속에 담고 있을 무수한 이야기들을 통해 때로는 삶의 지혜를, 때로는 그 시대의 상처를 내비치기도 한다. 사람들은 늘 새로운 것에 열광하고 낡은 것은 버리려고 한다. 하지만 새것으로 존재하는 시간은 순간일 뿐. 오랜 시간 사람들과 함께 나이 들어갈 때 비로소 그 물건에 가치가 더해진다.

어릴 때 시골에 살아서인지 외식을 한 기억은 정말 손에 꼽을 정도로 드물었다. 입학식이나 졸업식처럼 특별한 날이거나 어쩌다 고무 동력기, 유상경기 같은 경진대회에 나가면 결과와 관계없이 선생님께서 꼭 반점에 데려가주셨다. 사실 입학이나 졸업 그리고 경진대회가 뭐 그리 대수인가? 기다리고 기다려서 먹는 자장면 한 그릇에 비하면 특별할 것 없는 일들이다. 반점 문을 들어섬과 동시에 나오던 보리차 한잔. 나무젓가락 쩝쩝거리며 호록호록 마시던 보리차 한잔은 가슴 벅찬 기다림 그 자체였다. 골동품 가게에서 그때 반점에서 보았던 오차잔과 똑같은 것을 발견했을 때 코끝에 전해지던 고소한 짜장 냄새까지 방금 전의 일처럼 생생하게 떠올랐다.

지금은 스마트폰 덕분에 시계를 보는 일이 점차 사라져가고 있지만 시계도 사람처럼 밥을 먹던 시절이 있었다. 째깍째깍 열심히 일하다가 어느 순간 초침이 서서히 느려지면서 괜히 기운이 없어 뵈면, 그때 태엽을 몇 번 감아준다. 그러면 언제 그랬냐는 듯 다시 종소리도 우렁차고 시계추의 흔들거림도 신이 나 보였다. 시계에 태엽을 감는 것을 두고 '시계에 밥을 준다'라는 표현을 썼다.

먹지 못하는 사물에 '밥을 준다'라고 표현하는 것은 어떤 의미일까? 혹시 작은 것 하나도 어렵게 장만한 기억 때문인지, 살림살이 하나하나에 애정을 가득 쏟은 것은 아닐까? 때가 되면 밥을 주고, 삐걱대면 기름칠을 해주고, 반질반질 닦아주던 그 정성 때문인지 오래되어도 전혀 밉지가 않은 물건들이 있다.

대대로 물려 쓰는 그릇 가운데 하나가 바로 '함지'다. 통나무를 잘라 일일이 속을 파내어 만든 넓적한 그릇인데 묵직하고 튼튼하다. 내 오랜 기억 속 함지에는 봄이면 쑥떡, 여름엔 찐 감자와 옥수수, 가을이면 삶은 땅콩, 겨울에는 귤과 강정 등 사시사철 소박한 먹거리가 담겨 있었다. 그래서 풍요로운 기억으로 가득했던 그릇인데, 나는 아직도 과일을 담아두거나 나물을

다듬을 때 함지를 유용하게 사용한다.

오래된 물건 중에서 나무로 된 것들을 특히 좋아하는 이유는 수종에 따라 저마다 다른 빛깔을 띠고 오래될수록 고풍스러운 느낌이 나기 때문이다. 서재 수납장으로 쓰고 있는 오동나무 벼루함은 덧칠한 흔적이나 수리한 곳 없이 본래 모습 그대로인데, 오동나무 특유의 붉은빛과 손으로 두드려 만든 동그란 손잡이가 너무 귀여워 데리고 왔다. 어찌나 서랍을 여닫았는지 모서리가 둥그스름하게 닳았는데 그마저도 정감 있다.

우리나라에 지천으로 자라나는 식물 중에 '댕댕이'라는 넝쿨이 있다. 보랏빛 열매는 산을 오르는 사람에게 약간의 갈증을 해소해주기도 하고 더러는 한약재로 쓰이기도 했는데 넝쿨의 두께가 일정하고 유연해서 소쿠리를 만들어 사용했다. 어느 고미술품 상점에서 발견한 댕댕이 가방. 일반 소쿠리 형태가 아닌, 꼭 지금의 토트백처럼 생겼는데 그 옛날 도대체 어떤 멋쟁이시길래 서양의 형태를 한 가방을 넝쿨 줄기로 만들어 쓰셨는지… 보자마자 감탄사가 절로 나왔다.

수십 년간 어떤 이의 부엌과 곳간을 오가며 바삐 살았을 낡

은 대나무 소쿠리 하나. 아궁이 그을음에 까무잡잡해지고 조물
조물 나물 무치던 손길이 수천 번 닿아 반질반질해진 그 소쿠
리를 보고, 누군가는 낡고 볼품없다 할지 모를 일이지만 내게
는 늘 새것보다 더 귀하고 특별하게 다가온다. 그중에는 연대
를 추정하기 어려울 만큼 오래된 것도 있는데 내가 실컷 쓰고
아이들에게 물려줘도 좋을 만큼 튼튼하다. 타원형의 오목한 바
구니 두 개가 합으로 포개지는 형태로, 겉모습은 거칠지만 안
쪽은 촘촘한 댓살로 한 번 더 엮어 내용물이 새어 나오지 않도
록 세심하게 만들어졌다. 옛날에는 아기 요람도 이런 형태로,
대나무로 만들었다고 한다. 60~70년은 족히 더 되어 보이지만
그간의 세월이 무색할 만큼 손상된 곳 없이 그대로이고, 별다
른 칠을 하지 않았는데도 워낙 오랜 세월을 견뎌낸 탓인지 천
연색 고즈넉한 빛깔을 띤다.

시집올 때 혼수로 함께 데려왔을 뽀얀 소쿠리는 시간이 지날수
록 곱던 새댁 이마에 패인 주름처럼 댓살이 선명해지고, 굳은
살 잡힌 손의 마디처럼 더 단단해졌다. 희고 고운 모습이야 사
라졌지만 그보다 더 의미 있는 흔적을 남기며 살림살이도 주
인과 함께 나이 들어가는 것이 보인다.

  지금 사용하는 낡은 소반도 조선 시대에 만들어진 것이다.
옛날 소반의 경우 지금까지 온전한 상태로 보전된 것이 얼마
남지 않아 몇 달간 발품을 팔아도 구하지 못할 때가 있다. 또

복원을 너무 심하게 해서 옛 모습을 잃어버린 소반들도 있었는데 그럴 땐 괜스레 속이 상했다. 그러다가 지금의 소반을 만났다. 세월의 흔적을 온몸에 담고 있지만 어느 하나 부서진 곳이 없는 작은 소나무 소반. 소반은 용도에 따라 수라상, 주안상, 장국상, 다과상 등 다양한 이름으로 불렸는데 그중에서도 이 소반은 약을 달여서 내던 약소반이다. 상판이 꽃무늬로 되어 있어 국화소반 혹은 연화반이라고도 부르는데 이 소반 하나를 만나기까지 수년이 걸렸다. 흔히 소반은 전통가옥에만 어울리는 가구라고 여기지만 단출한 손님이 오시는 날에는 식탁보다 소반에 마주 앉아 차 한잔, 국수 한 그릇 대접할 때 더 기분이 좋다. 우리나라는 온돌 난방의 영향으로 좌식문화가 발달해 손님이 오시면 기꺼이 따뜻한 아랫목을 내어주고 소담스럽게 둘러앉아 도란도란 이야기 나누길 좋아했다. 아이들은 방바닥에 배를 깔고 엎드려 노는 것을 좋아하고 엄마는 소반에 주전부리를 내어와 아이 곁에 키를 낮추어 앉았다. 지나친 비약일지 모르지만 그만큼 아이와 엄마의 눈높이도 지금보다는 가까웠을 것이다. 물론 좌식 문화의 단점도 있겠지만 뜨끈한 아랫목에 몸을 녹이고 소반에 나지막이 둘러앉아 무릎을 맞대고 이야기를 나누던 그 문화를 완전히 배척해버리기엔 아쉬움이 남는다.

그 밖에도 낡은 찬장과 오래된 실패, 꽃무늬 떡살, 분통, 은상감자, 반짇고리, 바늘방석, 발로 물레를 돌려 깎은 오래된 나무 촛대와 손으로 두드려 만든 유기 푼주, 예쁜 자수가 놓인 명주 골무, 그리고 한쪽 손잡이에 천을 덧댄 낡은 가위는 보자마자 할머니가 생각나 눈물을 왈칵 쏟을 뻔했다.

나의 기억과 맞닿아 있는 오래된 물건들을 만날 때마다 나는 잊고 살았던 추억들을 하나씩 건져 올리는 기분이 들었다. 그래서 어떤 날엔 버려지다시피 한 채로 한쪽 구석에서 먼지만 뒤집어쓰고 있는 물건도 그렇게 예뻐 보이고, 또 어떤 날엔 낮에 보고 온 물건이 밤새 눈에 아른거려 이튿날 아침 부리나케 달려가 품에 안고 오기도 했다. 모두 누군가가 애지중지 사용하다 필요를 잃고 버려진 고물이지만 나는 그런 고물들을 쓰다듬는 일을 좋아한다. 우리도 점점 나이 들어 언젠가는 고물이 될 텐데 고물을 사랑하는 이 일은 인류애에서 기인한다고 나는 생각한다.

그러고 보면 산업화 이전에 생겨난 물건들은 어느 것 하나쉽게 얻어지는 것이 없었고 작은 것 하나에도 온 마음을 담아 제작하니 그 정성 때문이라도 쉽게 버리지 못하고 아껴 사용한 것이 아닐는지. 쉽게 얻은 것은 쉽게 잊히기 마련이다.

대나무 이야기

대나무 소쿠리가 이토록 긴 시간 사랑받아 온 이유는 무엇일까. 대나무는 세계에서 가장 빠르게 자라는 식물로 알려져 있다. 비옥한 토양과 적당한 온도에서는 하루 최대 1미터씩 크고, 다 자라는데 한 달이 채 걸리지 않을 만큼 성장 속도가 빠르다. 다 큰 후에는 해를 거듭할수록 굵고 단단해지는데 생명력 또한 가공할 만하다. 2차 대전 당시 히로시마 원자폭탄이 떨어졌을 때도 유일하게 살아남은 나무로 알려져 있고 월남전 고엽

제 살포에도 끄떡없었다고 하니 정말 강인한 생명력의 상징이라고 해도 과언이 아니다. 그런 대나무에 대한 사랑은 우리나라 역사에서도 흔히 엿볼 수 있다. 조선의 선비들은 내 집 가까이에 대나무를 심고 고매한 학문과 글씨, 그림으로 그 우수성을 후대에 남겼다. 강인한 생명력 못지않게 유연성까지 겸비하였는데 그 어떤 태풍에도 대나무가 쓰러졌다는 말을 우리는 들어본 적이 없다. 부러지지 않지만, 높은 탄력성으로 이리저리 흔들리면서 외압을 견디기 때문. 이러한 특징 때문에 누구의 손을 거치느냐에 따라 대나무의 변신은 무한대가 된다. 대나무의 본고장이라고 하면 담양을 빼놓을 수 없는데 그 이유는 대나무가 자라는데 가장 적합한 기후와 토질 때문이다. 옛날부터 품질 좋은 대나무가 많이 자랐고 그 주변에 죽공이 모여들면서 자연스레 마을이 형성되었다. 전국에서 가장 큰 죽물장이 열렸고 장이 서는 날이면 전국 각지에서 소쿠리를 사려고 너도나도 담양으로 모여들었는데 그 역사가 자그마치 300년이다. 아이들 과자도 사주고, 학교 공납금도 내고, 큰오빠 장가가는 데 보태고, 막내딸 시집 보낼 때 비단 치마라도 해 주려고 애 어른 할 것 없이 모였다 하면 대나무를 엮었다. 아버지가 칼로 대를 쪼개면 엄마는 옆에서 소쿠리를 엮고 고사리 같은 손들도 서로 보태려고 옹기종기 모여 앉아 대를 엮었을 가족들의 모습이 그려진다. 죽공의 솜씨는 정교하고 아름다웠기에 일본을 비롯한 주변국에서는 이를 먼저 알아보고 앞다투어 수입에 열을 올렸다. 하지만 산업화가 급속도로 진행되고 플라스틱 소쿠리들이 대량 생산되면서 대를 엮던 장인들은 더 이상 장인으로 대우받지 못하고 그의 자식들에게는 대를 엮지 말라고 가르친다.

전라남도 무형문화재 15호 참빗장인 고행주 선생님의 참빗도 마찬가지이다. 담양에서 태어나 5대째 가업으로 이어져 오는 참빗 장인. 장인의 빗은 오로지 3년생 대나무만 골라 만들어지는데 한창 젊은 나이인 3년생 대나무로 빗을 만들면 오래도록 탄력을 유지할 수 있기 때문이라고 한다. 대나무를 쪼개어 빗살을 얹고 실로 감는 과정만 백여 번. 자주색 빗살을 속까지 곱게 물들이기 위해 7시간을 끓이고 세심하게 다듬은 후천 조각에 참기름을 발라 빗면에 문지르는 작업을 수십 번 거쳐야 비로소 하나의 참빗이 완성된다. 빗 하나 만드는 데 이렇게 많은 정성이 들어간다는 것도 놀라운데 긴 세월 동안 변함없이 한 가지 일을 계속해왔다는 사실은 더욱더 놀랍다. 하지만 지금 우리 곁에 그 자리를 대신 차지하고 있는 것은 플라스틱 빗이다. 전통을 만드는 데는 오랜 시간이 걸렸지만, 사라지는 것은 삽시간의 일이다.

소반 이야기

소반을 사용하면서 알게 된 무형문화재 24호 소반장 추용호. 1603년 삼도수군통제영 납품을 시작으로 무려 400여 년 동안 우리 곁에 머무르며 국내뿐 아니라 전 세계에서 그 아름다움을 인정받고 있는 장인의 소반. 유구한 역사 속에서 어느 선비는 그가 만든 서안에서 글을 읽었을 것이고, 가족들은 소담하게 둘러앉아 밥을 먹었을 것이고, 다정한 이들은 차를 나누어 마셨을 것이다. 2평 남짓한 작업장에서 200년이 넘는 손때 묻은 연장으로 장인의 손끝에서 하나하나 탄생되는 소반들. 그의 나이 스물넷에 갑자기 돌아가신 아버지의 주문을 완수하기 위해 스스로 소반을 만들기 시작한 추 장인은 선친으로부터 물려받은 예술적 감각과 타고난 솜씨로 타의 추종을 불허하며 눈썰미 까다롭기로 유명한 통영 장인들도 모두 혀를 내두를 정도였다고 한다. 그러나 이제 손때 묻은 연장을 만져볼 수도, 작업장에 들어가 불을 지필 수도 없게 된 장인. 그 이유는 통영시가 테마공원 뒤로 도로를 내겠다며 120년간 터를 잡아 온 장인의 공방에 철거 명령을 내렸고 연장과 가재도구를 들어내고 대문에 못질까지 하며 강제집행을 시작했기 때문이다. 대대로 사용하던 추 장인의 연장과 제작 중이던 개다리소반의 다리들은 쓰레기 더미에서 발견되었고 통영시는 추 장인의 물품을 창고에 보관하고 있다는 것을 이유로 보관료를 내지 않으면 강제 경매 처분을 하겠다며 협박했다. 이에 추 장인은 삶의 터전을 떠날 수 없다며 대문 옆에서 천막생활을 시작했다. 장인의 요구 사항은 단 하나. 직선의 도로가 아닌 곡선으로 도로를 만들고 400년간 이어온 가업을 이어나갈 수 있도록 해달라는 것이다. 직선이 아닌 곡선. 발전이라는 명목 아래 직선으로 바쁘게 달려온 우리. 과연 무엇을 지키는 것이 옳은 일인지 한 번쯤 생각해볼 문제이다.

시간을 거스르는
사진가

남편은 사진을 한다. 찍음과 동시에 눈으로 볼 수 있고 흑백과 컬러를 마음대로 오갈 수 있으며 조금 부족해도 포토샵으로 얼마든지 수정이 가능한 쉬운 방법을 두고 아직도 오래된 카메라에 필름을 넣고 수동으로 적정 노출을 맞추는 미련하고 더딘 방법으로 인물 사진을 찍는다. 그 후에도 교반, 현상, 정지, 정착, 수세, 인화, 건조 등 열여섯 번의 단계를 거쳐야만 겨우 사진 한 장을 얻을 수 있는 노동집약적 사진 작업. 인공지능으로 원하는 사진을 단 몇 초 만에 뚝딱 만드는 시대가 도래했는데 아직도 어두운 암실에서 필름에 상이 맺히기 전까지 혹시나 잘못 나오면 어쩌나 노심초사하며 사진을 한다. 어떻게 보면 단순하고 반복적인 작업 같지만, 약품의 배합, 온도, 처리 시간 등에 영향을 많이 받기 때문에 조금만 삐끗해도 완전히 다른 결과물이 나오는 아날로그 사진. 그래서 마음에 드는 사진이 나오기까지는 매 과정이 긴장의 연속일 수밖에 없다. 그 때문에 아직도 암실에 들어갈 때면 몹시 떨림과 동시에 기대가 된다고. 일련의 과정들이 톱니바퀴처럼 딱딱 맞물려 돌아간 후 만족스러운 결과물이 나왔을 때의 그 '희열'. 아무래도 그 희열에 중독된 것 같다고 그는 말한다.

　그가 대학에서 사진을 전공할 때 사진 산업은 아날로그에서 디지털로 바뀌는 과도기를 맞이한다. 그는 필름으로 사진을 찍고 암실 현상으로 심사를 거쳐 졸업한 이 시대 마지막 아날로그 사진 학도였던 것. 이후 필름 카메라는 서서히 뒷전으로 밀려나고 디지털카메라가 빠르게 보급되기 시작했다. 필수 교과였던 '필름 현상'은 교양 과목으로 바뀌었고, 그 많던 사진학원과 소규모 사진 작업실도 하루아침에 소리, 소문 없이 자취를 감추었다. 필름의 감성이 좋아 사진을 전공했던 남편은 당시 큰 상실감을 느꼈고 사진가에 대한 꿈은 접고, 영상국에 취직한다.

아이가 태어나자, 남편은 가족의 생계를 위해 주간에는 직장에 다니고 주말이면 출장 사진 아르바이트를 했다. 남편의 사진은 입소문을 타기 시작했고 주말이면 아침부터 저녁까지 그에게 사진을 찍겠다는 사람들이 늘어났다. 신기했다. 남편이 찍는 사진이 돈을 벌어온다는 것이. 그러다가 차곡차곡 모아둔 종잣돈을 털어 조그맣게 시작한 디지털 사진관. 운이 좋았는지 얼마 되지 않아 몇 달치 예약이 줄을 잇고 손님이 끊이지 않았다. 이대로라면 식구들 밥 굶진 않겠다고 안심할 즈음. 남편이 돌연 더 늦기 전에 처음 사진을 공부했던 아날로그 방식으로 사진을 찍고, 암실 현상도 다시 시작하고 싶다고 했다. 이대로 두면 필름 사진은 영영 사라지겠지만 누군가가 여전히 남아 필름으로 사진을 찍는다면 그만큼 잊히는 속도를 늦출 수 있을 거라고. 그때 나는 둘째를 임신하고 있던 터라 걱정이 많이 됐다. 시대를 역행하는 사진이라 생각했고 모두가 이쁘고 빠른 것을 좋아하는 이 시대에 누가 필름으로 사진을 찍으러 온다는 것인지 이해하기 어려웠다. 하지만 말릴 수가 없었다. 사진의 적정 톤을 잡느라 하루 종일 컴컴한 암실에 틀어박혀 화공약품을 연구하는 남편. 그러다 벌겋게 상기된 얼굴로 "드디어 적정 톤의 수치를 찾았다! 찾았어!" 환호성 치는 남편을 보고 그만두라는 말이 입 밖으로 나오지 않았다. 그제야 찬찬히 살펴본 필름 사진. 남편이 왜 필름으로 사진을 찍으려는지 알 것 같았다. 아날로그 필름 사진에서는 디지털로 대체될 수 없는 특유의 질감과 따뜻한 온기가 느껴졌다. 희끗한 머리카락과 깊게 파인 주름, 볼 옆에 난 작은 점과 오래된 구두에 이르기까지 인물 본연의 모습 그대로를 어떠한 가감 없이 진정성 있게 담아낸 필름 사진이었다.

갑작스러운 변화에 손님이 줄어들었지만 우리는 좋았다. 필름 사진의 톤이 안정적으로 나올 때마다 스스로의 만족감은 점점 더 높아졌으니까. 그렇게 몇몇 계절을 보내면서도 고집을 꺾지 않고 묵묵히 필름 사진을 해오던 남편. 실제보다 더 과장되게 멋진 사진에 사람들도 조금씩 피로감이 쌓였던 것일까? 보정하지 않아도 좋고 사진이 나오기까지 시간이 다소 걸린다고 해도 기꺼이 기다리겠다는 손님들이 차츰 늘어갔다. 남편의 사진을 가만히 보고 있으면 촬영과 현상, 그리고 인화에 이르는 모든 과정 중 어느 것 하나도 소홀히 하지 않았다는 것이

고스란히 느껴진다. 그리고 혼자 컴컴한 암실에서 그 길고 긴 작업을 묵묵히 해오고 있다는 사실에 존경심이 들 때가 많다.

　동네 사진관들이 경영난으로 줄줄이 문을 닫고 궁여지책으로 낡은 현상기를 처분하며 최신식 디지털 프린터를 들일 때도 필름을 현상하는 곳이 한 군데라도 남아 있어야 하지 않겠냐며 낡은 현상기를 들여와 필름현상소도 시작한 남편. 그런 사람의 아내로서 바람이 있다면 그가 좋아하고 또 가장 잘할 수 있는 아날로그 사진을 조금이라도 더 오래 할 수 있었으면 하는 것이다.
하지만 야속하게도 세상은 가속도 붙은 기관차처럼 너무 빨리 흐르는 듯하다. 더 편리하고 더 빠른 것을 선호하는 시대. 기술 발전으로 어느 날 문득 우리 주변에서 사라져버린 직업들도 얼마나 많은가. 사진가라는 직업도 언젠간 AI로 대체되는 날이 올까? 만약 그렇다고 해도 그 순간이 조금 더 더디게 찾아왔으면 좋겠다. 여든이 넘은 호호 할아버지도 사진을 할 수 있도록 말이다.

남겨지는 것

시간이 지나면서 자연스럽게 사라지는 것이 있는가 하면 주체는 사라졌지만, 여전히 남아 있는 것들도 있다. 습관이나 태도처럼 눈에 보이지 않지만 대물림되는 정서적인 것일 수도 있고, 물리적인 형태로 존재하는 것들도 있다. 전자의 경우는 아무런 형태도 없고 어떠한 공해도 남기지 않는다. 단, 공해를 만드는 주체를 계속 생산해낼 수는 있겠다. 후자의 경우 박물관에서 봄직한 거룩한 문화유산도 있겠으나 그렇지 않은 것들도 허다하다. 이제 그만 사라졌으면 좋겠는데 여전히 주변에 머문 채 눈살을 찌푸리게 하는 것들. 왜 터미널에서 누군가를 배웅할 때 작별 인사를 다 마쳤는데도 버스가 출발하지 않아 이러지도 저러지도 못하고 우물쭈물했던 기억들 있지 않나. 나는 유독 그런 시간을 못 견뎌 하는데 그런 상황이 계속되는 것이 싫어서 먼저 획- 돌아서곤 했다. 그러고 보면 찬란했던 전성기에 대한 좋은 기억만을 남긴 채 흔적 없이 사라지는 것이 오히려 깔끔한 퇴장일지도 모른다.

필름 사진에 대한 기억은 아름답지만 쌓여가는 플라스틱 일회용 카메라나 현상을 끝낸 네거티브 필름, 다 쓴 필름 통 같은 것들은 사진관이 사라지고 우리가 죽은 후에도 여전히 지구상 어딘가에 머무를 것이다. 오래전 즐겨 사용했던 카세트 플레이어와 수많은 테이프, CD, LP, 타자기, 내비게이션, MP3 플레이어. 한때는 비싼 돈을 주고 구매하여 애지중지 사용했지만, 지금은 행방을 알 수 없는 물건들. 그 물건들은 지금 모두 어디에 있을까? 사람들 손에서 손으로 이어져 누군가가 여전히 사용하고 있다면 그나마 다행이다. 아직 그 물건은 쓸모가 있다는 뜻이니까. 하지만 어느 쓰레기 매립장 깊은 땅속에 묻혀 토양을 병들게 하고 있거나 번지도 없는 망망대해를 떠돌고 있다면? 그것은 영광스러웠던 과거와 달리 환경파괴자라는 오명을 뒤집어쓴 채, 초라한 모습으로 퇴장하지도 못하는 골칫거리가 되고 만다. 그런 의미라면 사라진다는 것은 오히려 축복에 가깝다. 다음 세대가 무거운 짐을 짊어지지 않고 홀가분하게 시작할 수 있다는 뜻일 테니까.

필름 사진이 가진 특유의 감성을 아련한 추억으로 남긴 채, 아름답게 퇴장할 수 있는 방법은 무엇이 있을까? 사진관을 운영하면서 늘 그런 고민이 의식 한구석에 맴맴 돌았다. 우리의 손을 떠난 사진들은 소비자의 것이 되겠지만, 우리에게 남겨진 물리적인 폐기물에 대한 처리는 여전히 우리의 의무이자 숙제이다. 사진관을 운영하면서 발생되는 폐기물들은 해를 거듭할수록 늘어날 것이고 지구상 어딘가에 축적될 것이다. 그리고 그것은 곧 공해로 이어진다. 내가 바라던 흔적 없는 퇴장이 불가능한 것이다.

나의 죽음 이후에 무엇을 남기고, 무엇을 남기지 말아야 할지 살아있는 동안 늘 고민하는 자세가 필요하다.

제제상회

2017년 봄. 사진관에서 남편의 업무를 돕던 나는 한편에 슬쩍 터를 잡고 그동안 모아온 오래된 물건들을 진열하기 시작했다. 작은 채반이나 오래된 그릇, 나무를 깎아 만든 숟가락과 태엽 시계 같은 것들인데, 남편의 사진 기자재들이 이미 낡고 오래된 것들이라 이질감 없이 썩 잘 어울렸다. 처음에는 판매할 생각이 아니었지만, 손님들이 계속 가격을 물어와 어쩌다 보니 '가게'가 되었다. 소꿉놀이처럼 사업이 시작된 것이다. 딸들의 이름에서 한 글자씩 따서 '제제상회'라고 이름 지었는데, 그 이유는 물건 하나하나가 아이들에게 전하고 싶은 이야기를 품고 있기 때문이었다.

가게를 연 후로, 틈만 나면 고물상이나 골동품점을 돌아다녔다. 어린 시절 무심히 지나쳤던 물건들을 전혀 다른 장소에서 마주할 때면, 신기하게도 그 옛날의 날씨와 냄새 그리고 나눈 대화까지도 고스란히 떠올랐다. 그러다가 그 물건들을 사용했던 우리의 엄마, 할머니들이 살아온 이야기가 궁금해졌다. 어떻게 그 많은 집안일과 육아를 병행하며 사셨는지, 무심한 남편과 험난한 시집살이를 어떻게 다 견뎌내셨을지…. 오래된 물건을 수집하기 시작했는데 그 속에 담겨 있는 마음들을 헤아려 보게 된 것이다. 수복강녕이 새겨진 실패에 감긴 실을 꿰어 긴긴밤 가족들의 옷가지를 만들고, 남편에게 감사의 마음을 담아 고봉밥을 뜨고, 식구들 건강을 챙기며 먹거리를 다듬고 소쿠리에 널어 말리던 그 마음들이 나를 울렸다.

1910년부터 35년간 이어진 일제강점기. 일본의 많은 문화가 우리나라로 흘러들어 왔다. 그 당시 일본에서 만들어지거나 일본식으로 제작된 그릇은 '왜사기 그릇'이라 불렀다. 국사 시간에 일제강점기에 일본이 통치한 것은 행정, 입법, 사법, 군대. 동그라미에 밑줄까지 쳐가며 얼마나 달달 외웠던가. 하지만 그 단어들은 시험이 끝남과 동시에 곧 잊어버리곤 했다. 그런데 작은 '왜사기 접시' 하나를 마주하니 지나온 역사가 오롯이 내게 전달되는 기분이었다. 나라의 왕을 끌어내리고 조약을 만들어 군대를 움직였지만, 하루 벌어 하루 먹으며 전쟁 같은 가난과 싸우던 시절이었다면 조국을 잃었다는 사실도 먼 나라 이야기처럼 들렸을지 모른다. 하지만 매일 먹고 마시며 사용하는 그릇들이 일본식으로 물들어가는 것을 지켜볼 때의 기분은 어땠을까? 그제서야 비로소 현실을 자각하게 되지는 않았을까? 비록 낡고 오래된 살림살이지만 아프고 투박했던 그때의 정서가 서려 있을 테니 나는 그것을 소중하게 보듬고 싶었다. 간혹 그런 나를 본 연세 지긋하신 할머니들께선 이렇게 말씀하셨다.

"젊은 새댁이 기특하네. 새것, 외국 것 너무 잘 나오는데, 옛날에 우리가 쓰던 것들을 이리도 이뻐해주고."

왜사기 그릇을 보고 일본 것이냐, 한국 것이냐를 운운하는 것은 중요하지 않다. 눈부시게 빛나고 시리게 아팠던 그 모든 역사가 우리의 이야기니까. 얼마나 애정을 갖는가에 따라 물건의 가치는 다르게 보일 것이다.

제제상회에는 오래된 물건들도 있지만 한국문화에서 유래를 찾아 새롭게 제작한 제품들도 있었다. 예를 들면 닳고 닳은 몽당빗자루를 버리지 못하고 천을 덧대 쓰시던 할머니를 생각하며 빗자루에 옷을 입혀주고, 또 도톰한 무명천을 두 겹 덧대 만든 행주 한쪽 모서리에 야생화 손 자수를 새겨 넣기도 했다. 옛날 놋숟가락을 자르고 다듬어 찻숟가락으로 새롭게 탄생시킨 못난이 티스푼도 있었는데, 모두 다 사람 손으로 일일이 만들다 보니 모양은 조금씩 달랐지만 삐뚤삐뚤해서 더 좋았다. 미려하진 않아도 사람의 정성이 들어간 제품이라서.

냄비 받침으로 쓸 똬리를 사기 위해 두 시간 반을 달려 순천 오일장에 간 적도 있다. 똬리는 무거운 보따리를 머리에 일 때 머리를 보호하기 위해 받치던 받침대이다. 보통 볏집을 빙빙 틀어서 만드는데, 옛날 여자들에게는 없어선 안될 중요한 살림살이였다. 나는 어릴 때 동네 할머니들이 단체로 서커스 곡예단 강습이라도 받으시는 것은 아닌지 의심한 적도 있었다. 너나 할 것 없이 모두 무거운 보따리를 머리에 이고도 양손을 자유자재로 움직이며 균형을 잡으셨기 때문이다. 기인에 가까울 정도의 놀라운 균형 감각에서 억척스럽게 삶을 이끌어가던 모습을 엿볼 수 있는 단편이었다.

　한국문화에서 여인들이 쓰던 소박하고 아름다운 살림살이를 찾아내어 소개하는 일. 제품을 통해 그 속에 숨어 있는 이야기를 사람들에게 들려주는 그 일이 나는 무척 좋았다. 제제상회는 어찌 보면 나만의 보물 창고 같은 곳일 수도 있고, 누군가의 보물 창고를 들여다보기 좋아하는 사람들이 시간 여행하듯 가게 문을 두드렸다.

수세미 효과

제제상회에서 가장 인기 높은 제품은 천연 수세미였다. 어릴 때 텃밭이나 담벼락에 늘 주렁주렁 매달려 있던 식물이었는데 그땐 그것이 어디에 쓰이는지 정확하게 알지 못했다. 어렴풋이 알고 있던 수세미를 본격적으로 써본 것은 주부가 된 이후였다. 시골 오일장에 갔더니 웬 할머니께서 수세미를 팔고 계셨는데 너무 반가운 마음에 몇 개를 사서 써보았더니 이게 아주 신통방통했다. 우선 '수세미'라는 이름을 천연, 즉 식물의 이름에서 따왔다는 것이 새삼 놀라웠다.

수세미는 박과의 덩굴식물로, 수확한 열매는 기침약으로 쓰고, 몇 개를 남겨 서늘한 가을볕에 바싹 말리면 껍질이 후드득 벗겨지면서 우리가 흔히 보는 수세미의 모양새가 되었다. 빗자루를 만들기 위해 마당 한편에 싸리나무를 심고, 바가지를 만들기 위해 조롱박을 심고, 설거지할 때 쓰려고 수세미를 심다니, 이 얼마나 자연 친화적인가? '인간이 만든 모든 것은 쓰레기다.'라는 문장을 읽은 적이 있다. 전부는 아니겠지만 일정 부분 인정하는 바다. 반면에, 자연이 길러낸 것 중에 자연을 해치는 것이 하나라도 있었던가.

요즘 강과 바다가 미세플라스틱 때문에 몸살을 앓고 있다. 아크릴 수세미로 설거지하면 내 그릇은 깨끗해질지 몰라도 결국 그 과정에서 미세플라스틱을 강과 바다에 흘려보내는 셈이다. 그런데 강과 바다는 탯줄처럼 인간과 연결되어 있고, 우리가 흘려보낸 물은 언젠가 우리가 다시 마신다. 실제로 인간의 몸 속에서 미세플라스틱이 검출되는 사례가 늘고 있고, 이는 세제도 마찬가지이다. 그릇을 씻기 위해 세제를 쓴다지만 아무리 깨끗하게 헹군다고 해도 한 사람이 일 년에 섭취하는 주방세제의 양이 소주 두 컵이라는 보고가 있다. 이렇듯 모든 것은 순환의 연결 고리 선상에 존재한다.

대단한 환경운동가는 아니더라도 수세미를 천연으로 바꾸는 것쯤은 누구나 할 수 있는 일이 아닐까. 직접 써보니 수세미 섬유질의 마찰력 때문에 세제를 쓰지 않아도 충분히 깨끗하게 닦이고, 무엇보다 먹어도 될 만큼 무해한 소재라서 안심하고 쓸 수 있었다. 수세미를 사용하기 시작할 무렵, 나는 누구든 만나기만 하면 온통 수세미 이야기뿐이었다. 요즘은 제로웨이스트 숍이나 생활용품점에서 쉽게 구할 수 있지만, 당시만 해도 국내에서 천연 수세미를 구하기란 쉽지 않은 일이었다. 저렴한 가격에 수입되는 수세미가 있긴 해도, 운송 과정에서 발생하는 탄소량을 고려한다면 가까운 곳에서 수세미를 얻어 쓰는 것이 훨씬 이로울 것 같아 수세미를 심는다는 전국 농가에 연락을 취해보았다. 하지만 수확 시기를 늦춰 섬유질을 질기게 만들어야만 설거지용 수세미로 쓸 수 있는데, 수세미는 건강식품으로 더 주목받기 때문에 '고작 설거지씩이나 하자고' 몸에 좋은 수세미를 다 자라도록 내버려두지 않는다는 것이 농가의 대답이었다.

하지만 우리는 아크릴 수세미로 고작 설거지나 하면서 얼마나 많은 미세플라스틱을 강으로 바다로 흘려보내고 있나. 아이들에게 물려줄 재산도 크게 없는데 환경까지 오염시키고 떠나면 두고두고 원망을 들을 일이다. 그러다 강원도 철원의 한 농가에 연락이 닿았고 늦가을에 수확할 수세미를 내가 모두 받기로 했다. 한여름 뙤약볕에 여물고 강원도 칼바람에 서서히 껍질을 벗기 시작한 천연 수세미. 드디어 기다리고 기다리던 강원도 수세미가 누런 껍질을 벗고 사진관으로 오고 있다는 반가운 소식을 듣고 가슴이 뛰었다. 사진관에 웬 수세미가 한가득 도착하자 남편은 어리둥절해하였고, 그날만큼은 사진관에 사진 찍으러 오는 사람보다 수세미 사러 오는 사람이 더 많았다. 처음 수세미를 받아 든 사람들은 상당한 크기에 놀라고 그 생김새 때문에 웃음보가 터졌다. 난생처음 보는 이 생소한 수세미를 도대체 어떻게 써야 할지 난감해했지만.

뭐든 시작이 어려운 법. 한번 수세미로 맺은 인연은 매년 찬바람이 불기 시작하면 계절 안부를 묻듯 수세미 소식을 물어왔다. 어떤 분은 작년에 사 간 수세미 속에 까만 씨가 있길래 봄에 땅에 심었더니 올해 수세미가 주렁주렁 열렸단다. 더이상 수세미 살 일은 없다길래 남는 수세미 있으면 도리어 제제상회에 납품하시는 것은 어떠냐며 너스레를 떨기도 했다. 수세미 전도사로서 가장 뿌듯했던 순간이었다.

수세미가 일으킨 효과는 실로 엄청났다. 수세미를 사용한 후로 환경을 바라보는 나의 시각이나 생활 습관들이 송두리째 바뀌었기 때문이다.

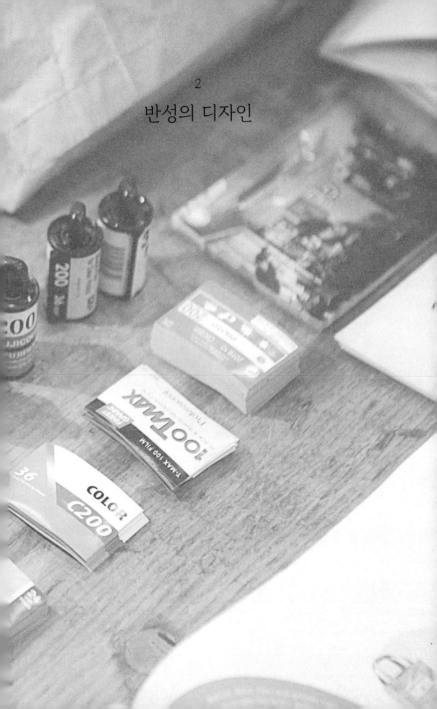

2
반성의 디자인

제제? 재재?

그 무렵 언론 사회면에서 우연히 기사 하나를 보게 되었다. 뉴스를 보는 것이 평정심을 유지하며 사는 데 오히려 독이 되는 것 같아 좀처럼 신문을 펼쳐보는 일이 잘 없는데, 그 기사를 보게 된 것은 아마도 나에겐 운명과도 같은 일이었다. 2018년 4월 '폐비닐을 버리지 말라'는 경비원을 아파트 주민이 폭행하여 입건되었다는 기사였는데 처음엔 갑질 논란에 관한 기사인 줄 알았다. 하지만 그 내막엔 훨씬 더 복잡한 문제들이 얽혀 있었다. 사건의 발단은 중국이 그동안 수입해오던 폐비 닐을 더 이상 받지 않겠다고 선언한 뒤이다. 이게 도대체 무슨 일인가? 관련 기사를 찾아보니 사정은 이러했다. 우리나라에서 버려지는 쓰레기 대부분이 중국에 수출되었고 중국은 일정 금액을 받고 우리가 버린 쓰레기를 수입해 자원으로 활용했지만, 그 양이 방대해지자 태평양에 쓰레기를 몰래 버리고 있었던 것. 그러나 세계 강대국으로 도약을 꿈꾸는 중국은 쓰레기 국가라는 오명이 점점 부담스러워졌고 더 이상 쓰레기를 받지 않겠다고 선언한 것이었다.

　그동안 재활용 쓰레기 분리수거를 나름 철저히 하며 환경을 위한 실천을 잘해오고 있다고 생각했던 나는 망치로 뒤통수를 한 대 세차게 얻어맞은 기분이었다. 분리배출한 재활용 쓰레기는 어딘가에 다시 요긴하게 쓰이고 있다고 믿으며 나 자신에게 스스로 면죄부를 부여하며 살았던 것. 하지만 그것은 나의 대단한 착각이었고 실상은 완전히 달랐다. 재활용되기를 바라고 버려왔던 쓰레기 대부분은 탄소를 내뿜으며 어딘가에서 소각되거나 바다를 오염시키며 물 위를 둥둥 떠다니고 있었던 것이다. 중국이 쓰레기 수입을 거부하자 이제 내 집에 쓰레기를 쌓아 놓고 살아야 하는 것은 아닌지 온 국민이 불안에 떨었고, 정부의 발등에도 불이 떨어졌다. 쓰레기를 대신 버려줄 다른 나라를 하루라도 빨리 찾아야 했고 중국에 거부당한 쓰레기들은 인도네시아와 태국, 베트남 등 비교적 규제가 느슨한 동남아 주변국으로 다시 흘러들어 갔다.

　애초에 쓰레기를 다시 재활용하는 완벽한 방법은 존재하지 않았던 것이다. 그동안 내 집을 깨끗하게 치우겠다고 쓰레기를 곱게 쓸어 담아 옆집에 버려온 것과 전혀 다를 바가 없었다. 암담했다. 어른들의 세계는 이렇듯 알면 알수록 처참한 것이었나. 이런 현실을 쉬쉬해가며 아이들에게는 아름다운 것, 도덕적인 것, 이상적인 말들만 늘어놓는 사람을 진정한 어른이라 말할 수 있을까. 회의감이 밀려왔다. 해마다 중국에서 불어오는 미세먼지를 원망하면서 사실 그것이 우리가 버린 쓰레기를 태운 연기였다는 사실은 전혀 알지 못했고 애석하게도 물과 공기는 국적이 없다. 메이드인 차이나를 은근슬쩍 비하하면서도 그 원재료가 우리가 버린 쓰레기였다는 것을 전혀 인식하지 못했던 지난날의 내가 부끄러웠다.

　발 디딜 곳을 잃어가는 북극곰, 플라스틱과 비닐을 삼키며 죽어간 바다생물들의 사진을 보고서도 사태의 심각성을 피부로 느끼지 못했다. 그러다 어느 날, 그리 머지않은 미래에 내 아이들이 "엄마, 그때 왜 그렇게 많은 플라스틱을 생산했던 거야? 그것들이 우리의 삶을 이렇게 위협하게 될 줄 정말 몰랐던 거야?"라고 묻는다면. 우리는 어떻게 대답할 수 있을까? 뒤늦은 후회만 잔뜩 늘어놓을 것인가? 아니면 도망치듯 그 자리를 피할 것인가? 변변치 않더라도 그 물음에 내놓을 만한 대답이 필요했다. 그리고 그 사건은 제제상회가 재재프로젝트로 바뀌는 결정적인 계기가 된다.

거듭날 '재(再)', 재료 '재(材)'의 두 한자를 합성하여 원래의 재료가 다시 새로운 것으로 거듭난다는 뜻으로 지은 이름 '재재프로젝트'. 제제상회가 물건 재사용에 관한 메시지를 전달했다면, 재재프로젝트는 보다 적극적인 자세로 쓰레기를 활용하는 방안을 제시하고 싶었다. 제제에서, 재재로. 어감은 같지만 성격이 다른 두 번째 일이 시작되었다.

재재프로젝트의 시작

그날 이후로 집안에서 발생하는 모든 쓰레기를 점검했다. 줄일 수 있는 것은 최대한 줄이고 불필요한 플라스틱은 처음부터 내 집에 들이지 않겠다는 각오를 다졌다. 안전을 이유로 플라스틱 컵을 권유했던 아이들에게 유리잔을 조심해서 사용하도록 가르치는 편이 오히려 낫겠다 싶었다. 다치지 말라고 깔아둔 푹신한 놀이 매트보다 딱딱한 바닥에 부딪혀보고 조심하여 노는 방법을 몸으로 익히는 편이, 차라리 미래의 아이들을 위한 현명한 방법일 수도 있겠다는 생각이 들었다.

식구가 많은 5인 가족이라 식재료는 대용량으로 구매해 소분 후 사용하되, 식자재가 버려지지 않도록 냉장고를 자주 비우며 요리했다. 식재료를 고를 때도 기왕이면 환경에 부담을 덜 주는 포장지로 골랐다. 샴푸와 손 세정제 등 비누로 대체할 수 있는 것들은 되도록 고체 비누로 바꾸고 물티슈가 플라스틱 섬유인 것을 알게 된 이상 불가피한 경우를 제외하고는 걸레나 행주를 사용했다. 무분별하게 비닐과 플라스틱을 사용해온 지난날의 잘못을 뉘우치며, 시간을 거슬러 산업화 이전의 생활로 의식주를 조금씩 되돌려보는 것이 내가 선택한 반성의 방식이었다. 빙산의 일각일지라도, 지금 시작한 것만이라도 다행이라 위안 삼으며 차츰 집에서 버려지는 쓰레기의 양을 줄여나갔다.

나는 행동반경이 매우 좁은 편이어서 집이 아니면 늘 사진관에 머무른다. 가정에서 발생하는 쓰레기를 차츰 줄여나가다 보니 이번엔 사진관에서 버려지는 쓰레기들이 눈에 거슬리기 시작했다. 그러다 사진 인화를 거치고 난 후 버려지는 인화지 봉투가 눈에 들어왔다. 겉면은 종이지만 속지는 '차광 비닐 필름지'로 된 인화지 봉투는 두 가지 재료가 열처리로 압착된 탓에 종이로도, 비닐로도 버릴 수 없는 골치 아픈 쓰레기였다. 하지만 가만히 살펴보니 종이 한 겹에, 두꺼운 차광 필름지가 두 겹이나 붙어 있어 생각보다 훨씬 튼튼했고, 재봉틀로 바느질을 해도 쉽게 찢어지지 않았다. 게다가 이것은 오로지 사진관에서만 버려지는 독창적이고도 특별한 쓰레기가 아닌가. 사진관을 운영하는 우리가 아니면 그 누구도 이 쓰레기를 완전히 이해하고 활용하지는 못할 거라는 생각이 들었다. 기왕 우리의 필요로 만들어진 소재라면 수명을 늘려 오래 쓰는 것이 대안이 되지 않을까? 버리면 쓰레기지만 버리지 않으면 아직은 쓰레기가 아닐 테니까. 빛과 습도에 취약한 인화지를 보호하기 위해 차광이 완벽하게 되는 암막 필름이 접착된 봉투. 본래 기능도 충실히 해내지만 내구성도 뛰어난 이 특별한 쓰레기를 버리지 않고 차곡차곡 모으기 시작했다. 뚜렷한 계획은 없었지만 어딘가에 꼭 요긴하게 쓰일 곳이 있을 것만 같았다.

그러다가 실행에 먼저 옮겨본 것은 파우치였다. 현상하기 전 빛이 새어 들어가지 않도록 차광 기능이 있는 파우치에 필름을 보관하면 어떨까? 같은 이유로, 파운데이션이나 선크림도 차광 파우치에 보관하면 기능을 오래 유지할 수 있지 않을까? 그때만 해도 이것이 사업이 될 줄은 꿈에도 몰랐다. 그저 내가 버린 쓰레기를 내가 치운다는 생각뿐이었다.

인화지 봉투로 파우치를 만들겠다고 하니 주변의 반응이 뜨거웠다. 이제껏 보지 못한 소재였고, 우리가 버린 쓰레기를 스스로 해결하기 위해 만든 반성의 디자인이라니 그 탄생의 이야기에 주목했다. 파우치 표본을 만들면서 지퍼 색상이 고민이 되었다. 초록과 주황, 노랑과 베이지도 썩 잘 어울렸는데, 어느 한 가지로 결정하기가 어려웠다. 그래서 조언을 구한다는 글을 SNS에 올렸더니 100개가 넘는 댓글이 달렸다. 모두가 자기의 일처럼 함께 고민해주었고, 그 의견들을 적극 수용하여 파우치의 지퍼 색상은 네 가지 컬러 모두 출시되었다. 많은 사람이 이 쓰레기에 관심을 두기 시작했고 토트백, 숄더백도 만들어달라는 요청이 쇄도했다. 그중 인화지 봉투와 초록이 잘 어울린다는 의견이 압도적이어서 용기를 얻어 토트백을 만들어보았다. 여러 가지 버전으로 제작해 일상생활에 사용하면서 강도 테스트를 해보았다. 무게는 얼마나 견딜지, 비 오는 날 사용해도 무리가 없는지, 또 오염에는 얼마나 강한지, 지인들에게 가방 샘플을 나눠주며 실험을 이어 나갔다. 최대 강점은 무게였다. 아주 가벼운 데다 접으면 작아지는 사이즈라 여행할 때 '세컨드

백'로 이용하기 좋았다는 의견들이 있었다. 그 후로 숄더백, 백팩 등 다양한 디자인을 연이어 출시했다.

재재프로젝트의 제품을 구매하겠다는 사람들이 점차 늘어났다. 하지만 출시 이후로, 지금까지 수요와 공급의 법칙과는 무관한 길을 가고 있다. 많이 판매하는 것보다 매달 재료가 버려지는 만큼만 만들고 재고를 남기지 않는 것이 목표이다. 쓰레기에 노동력을 더해 더 비싼 쓰레기를 만들지는 말아야 하기에. 오히려 인화지 봉투 수거량이 점차 줄어들자 생산량도 날이 갈수록 조금씩 줄어들고 있다. 사람들은 더 이상 불편한 방법으로 사진을 찍지 않고 필름과 인화지도 언젠가는 우리 곁에서 영영 사라지게 될지 모른다. 프로젝트의 모든 제품은 처음부터 대량생산할 수 없는 핸디캡을 안고 시작했으며, 이 제품을 만날 수 있다는 것은 곧 사진을 인화하여 물리적인 형태로 간직하는 사람이 아직 남아 있다는 증거이기도 하다.

껍데기와 알맹이의 경계

우리는 늘 필요에 의해 물건을 산다. 그 후 알맹이는 취하고 껍데기를 버리는 것이 일반적인 상식이다. 껍데기는 알맹이를 보호함과 동시에 그 알맹이가 판매되도록 돕는 역할을 한다. 그렇기 때문에 우리가 치루는 물건값에는 사실 껍데기에 대한 비용도 포함되어 있다. 하지만 인화지 봉투는 일반 소비자들을 설득시킬 필요가 없기 때문에 봉투의 역할은 훨씬 단순하다. 오로지 온도와 습도, 그리고 빛에 약한 인화지를 보호하는 기능만 존재하는데, 나는 오히려 그 점이 좋았다.

재재프로젝트를 처음 접하는 분들 중 대부분은 이 가방이 애초에 무엇을 담고 있었는지 잘 알지 못한다. 그것을 설명하는 것이 곧 나의 일이다. 이 제품은 알맹이가 아닌 껍데기로 만들어졌지만, 제품으로 만들어지는 순간 껍데기가 아닌 알맹이가 된다. 껍데기와 알맹이의 경계가 모호해지는 순간이다.

나는 한때, 과대 포장 전문가였음을 부끄럽게 고백한다. 누군가에게 선물할 일이 있을 때 커다란 박스에 종이를 넉넉히 깔고 그 속에 또 포장지로 감싼 선물을 넣고 마지막엔 큼지막한 리본을 다는 것도 잊지 않았다. 물건을 살 때도 같은 값이면 부피가 커 보이는 것으로 고르고, 내가 사용하는 물건임에도 나에게 선물한다는 핑계로 선물 포장을 한 적도 있다. 지금 생각하면 너무 부끄러운 일이다.

요즘은 꽃을 살 때 매장에서 쓰고 남은 마대로 아무렇게나 싸주는 것이 훨씬 좋고, 개인 택배를 보낼 때는 이미 한번 받은 적 있는 박스를 재사용한다. 재활용하는 행위가 부끄럽지 않으며 더 이상 화려한 포장에 현혹되지 않는다. 물건을 살 때 알맹이만 받아 가방에 담아 오는 버릇도 생겼다. 그러자 몸무게는 그대로이지만 어째 삶이 좀 가벼워지는 것 같다.

프라이탁

프라이탁이 업사이클 시장에 세운 공은 지대하다. 업사이클 하면 프라이탁, 프라이탁 하면 업사이클. 재활용이라고 하면 거부감을 느끼는 사람도 적지 않은데 그런 이들도 프라이탁은 알고 있다. 또, 이 브랜드 덕분에 2018년 재재프로젝트의 제품 출시 이후로 소비자들에게 설득력 있게 다가갈 수 있었던 것도 사실이다. 프라이탁은 스위스에서 탄생한 브랜드이다. 스위스 남쪽은 지중해성 기후로 온화한 편이지만 알프스 계곡이 위치

한 북부 지방은 산지가 많아 지형에 따라 기후변화가 심하다. 일 년 내내 비가 잦고, 그 때문에 스위스 사람들은 일기예보와 상관없이 우산과 우비를 챙기는 것이 일상이다. 화물차에 방수포를 반드시 씌워야 하는 것도 같은 맥락이다. 이런 기후 특성으로 인해, 전 세계적인 프라이탁 열풍에도 그 수요를 감당할 만한 원자재 공급이 가능한 것이다.

하지만 스위스에 비해 강수량이 많지 않은 우리나라 소비자들 역시, 재재프로젝트 제품을 선택하기에 앞서 프라이탁의 특장점과 비교를 하곤 했다. "이거 튼튼한가요? 방수도 됩니까?"라는 질문 속에 드러나지 않는 그 이름. 내구성과 방수에 관해선 프라이탁을 이길 수가 없다.

구겨질수록 더욱 멋스러워지는 것이 종이라지만 '비라도 맞는 날에는 쉽게 찢어지는 것이 아닐까?' 하는 우려 때문에 구입을 망설이는 분들이 계셨다. 부담 없이 들고 다녀야 하는 것이 가방인데, 비 오면 우산 씌우고 혹시라도 오염이 될까 노심초사하며 상전 모시듯이 해야 한다면 가방의 기본적인 기능에 대한 의구심을 품을 수밖에 없다. 그래서 재재프로젝트를 출시하기에 앞서 방수에 대한 많은 실험이 이어졌다. 투명한 비닐을 겉면에 한 번 더 씌워보기도 하고, 왁싱 재킷에서 착안해 천연 밀랍 코팅도 해보았다.

하지만 하면 할수록 배가 산으로 가는 기분이었다. 버려지는 소재의 수명을 늘리기 위해 시작한 일인데 방수를 위해 비닐을 또 써야 한다는 사실에 마음이 불편했고, 바스락거리는 종이의 느낌이 좋아 시작한 일인데 밀랍을 입히면 찐득찐득해지는 질감 또한 마음에 걸렸다. 또 밀랍 테스트를 하다 보니 소재의 느낌이 변형되거나 외부 요인에 의해 새로운 얼룩을 만들기도 했다. 예로 차가운 날씨에는 왁스가 하얗게 응고되기도 하고, 높은 온도에 노출되면 왁스가 종이에 스며들면서 더 심한 얼룩을 남기기도 했다.

방수 테스트는 완전히 실패했다. 프라이탁을 따라 해보겠다는 접근 자체가 잘못이었다는 것을 깨닫게 된 것이다. 소재 그대로의 느낌이 좋아 시작한 일이 아닌가. 프라이탁은 그들의 길을 가면 되고, 나는 나만의 길을 가면 된다. 다행히 우리나라는 스위스보다 강수량이 훨씬 적지 않나. 먼 길을 돌고 돌아 다시 원점에 섰다.

바스락거리는 종이 소재라 땀이 많은 여름에도 쩍쩍 달라붙지 않고 늘 보송보송하게 사용할 수 있는 인화지 봉투 가방. 종이처럼 보이지만 안감이 차광필름이라 쉽게 찢어지지 않는다. 그래도 걱정이 되신다면 비가 오는 날엔 재재를 품에 꼭 안고 우산을 함께 써주시라 부탁드린다. 다만 세탁기에는 절대 돌리지 말아 달라는 당부도 함께.

ASMR

가방을 만들기에 앞서 가장 먼저 하는 일은 인화지 봉투의 상처를 어루만지는 일이다. 저 멀리 미국 땅에서 생산되어 이곳 대구의 작은 사진관에 흘러들어 오기까지 인화지를 온전히 보존하는 임무를 다하고 나에게 와준 이 봉투. 그사이 찢기고 버려질 수 있는 수많은 경우의 수를 거치고 나에게 와준 이 특별한 쓰레기에 새로운 임무를 주고 다음 사용자에게 전달하는 일. 그러기 위해서는 제일 먼저 봉투를 컨디션에 따라 분류한 뒤, 깊은 상처는 과감히 도려내고 구겨진 곳은 다려주고 살짝 벗겨진 곳은 그 조각들을 찾아 붙여주는 과정이 필요하다. 새로운 원단을 구매해 사용했다면 굳이 필요 없을 이 과정을, 나는 가장 좋아한다. 가방을 만들고 있지만 상처를 치료하는 기분이랄까.

봉투를 손질하다 보면 바스락바스락 낙엽을 밟는 듯한 소리가 나는데, 그 소리 때문에 일하는 것이 더 즐겁다. 막둥이가 배 속에 있을 때는 그 소리를 태교 음악 삼아 밤이 깊어가는 줄 모르고 일했딘 기억이 난다. 그 때문일까? 아기가 태어난 뒤 한동안 옆에 눕혀놓고 작업을 하고 있자면, 아이가 그 소리에 편안함을 느끼고 스르륵 잠이 들곤 했다.

인간의 오감은 개인차가 있나 보다. 특화된 감각이 있고 노화의 순서도 조금씩 차이가 나는 걸 보면 말이다. 나는 미각, 후각은 둔감한 편인데 청각은 예민한 편이다. 무의식적으로 듣기 싫은 소리와 듣고 싶은 소리를 구분해서 살아가는 것 같기도 하다. 의미 없이 틀어 놓는 TV 소리나 전자 알람, 전화벨, 청소기 소음 같은 것에 쉽게 피로감을 느끼는 편으로, 청소기 소리가 싫어서 손걸레질을 할 때도 있다. 내 휴대전화는 일 년 내내 무음 모드인데 그래서 전화를 건 상대방에게 종종 핀잔을 듣기도 한다.

물소리, 바람 소리, 빗소리 같은 자연의 소리는 언제 들어도 좋고, 특히 바스락거리는 인화지 봉투 소리에는 묘한 안정감을 느낀다. 그 이유는 아마도, 이 세상에 내 역할이 아직 남아 있다는 사실이 소리로 전달되기 때문은 아닐까.

기왕 버릴 거라면

사진관에서 나오는 인화지 봉투를 이용해 가방을 만들기 시작하면서, 다른 곳은 그 봉투를 어떻게 처리하는지 궁금해져 인근의 사진관들을 찾아다녔다. 아니나 다를까, 종이에 차광 필름지가 붙어 있어 종이로도, 비닐로도 분리해 버릴 수 없기 때문에 대부분 일반폐기물로 버리고 있었다. 예쁘고 튼튼한데 그냥 버리기엔 너무 아까우니, 모아두었다가 연락을 해달라고 부탁드렸다. 버리기 전에 연락을 주면 반드시 수거하러 오겠다고. 웬 갓난아이를 업은 아줌마가 다짜고짜 찾아와 처음 하는 말이 쓰레기 동냥이라니. 모두 의아한 표정이었다. 버려지는 그 봉투로 가방을 만든다고 해도 "이게 무슨 쓸모가 있겠어?" 모두들 믿지 않는 눈치였다. 그래도 잊을만하면 수박 한 통, 귤 한 봉지, 박카스 한 박스 들고 계속 찾아가 부탁드렸다. 그랬더니 차츰 버리지 않고 모아주는 분들이 생겨났다.

이번엔 한술 더 떠서 가급적이면 스티커나 봉투에 흠집을 내지 말아 달라고 부탁했다. 어두운 암실에서 인화지 봉투를 개봉해야 하고 바쁜 업무 중에 공들여 봉투를 뜯는 것은 힘들다며 내 말이 끝나기도 전에 손사래를 쳤다. 그럴 때면 남편이 공들여 뜯은 깨끗한 봉투를 보여주며, 암실 들어가기 전에 칼로 접착테이프만 살짝 도려내 봉투가 상하지 않게 뜯는 게 영 불가능한 일은 아니지 않느냐고, 그렇게만 해주신다면 정당하게 봉툿값을 쳐드리겠다고 약속드린 지 수개월. 그동안 찾아간 발걸음이 결실이 되어 돌아왔다.

처음엔 담배꽁초와 종이컵 같은 쓰레기가 들어 있거나 겉면에 매직으로 메모를 적어놓은 봉투도 있었지만 날이 갈수록 깨끗한 모습이었다. 그 후로는 인화지 봉투를 수거하는 날이면 절로 웃음이 났다. 오랫동안 기다려온 연인을 만나러 가는 기분이랄까? 처음엔 눈길도 안 마주치고 바쁘다고만 하던 분들이 문을 열고 들어서면 환히 웃으며 나를 맞이했다.

"거 이번엔 신경 써서 뜯었으니 확인해봐요." 하시며 꽃다발처럼 인화지 봉투를 한 아름 안겨주시는 사진관 사장님들. 그 보답으로 지난번 수거해 간 봉투로 만들었다며 재재 가방을 선물로 드렸더니 "허허허, 이게 되네? 아주 이쁜데요!" 하신다. 성가신 부탁이었을 텐데 습관을 바꿔주셔서 감사하다는 인사도 빼먹지 않는다. 반면에 숱하게 말해도 안 되는 곳은 여전히 안 된다.

"봉투가 상하지 않게 뜯을 순 없을까요?"

"아이 거참, 어둡기도 하고 테이프 접착력 때문에 힘들다니까요."

"수고스러우시겠지만, 한 번만 더 노력해 봐주셔요. 네?"

신신당부하며 찢어진 봉투를 안고 나올 때면 발걸음이 무겁다. 하지만 파손된 봉투는 괜찮은 곳만 재단하여 필통과 파우치로 제작하면 된다.

날이 갈수록 인화지 봉투를 수거하는 것이 쉽지 않다. 코로나가 한창 기승을 부릴 때는 봉투 스무 장을 모으는 데 자그마치 석 달이 걸린 적도 있었는데, 제품을 만드는 것보다 수거하는 데 훨씬 더 많은 시간이 걸린 셈이다. 코로나 팬데믹을 겪으며 문을 닫는 현상소들도 많았다. 누구보다 봉투를 예쁘게 모아주시던 대명동 '현대칼라'. 현상 기계 돌아가는 소리 웅웅거리고, 누군가의 사진이 부지런히 인화되던 곳. 어느 날부터 활기 넘치던 그곳의 문은 굳게 닫혀 있고 임대 현수막만 서글프게 날린다. 다른 곳도 상황은 마찬가지.

지역의 굵직굵직한 인화소들은 뼈를 깎는 심정으로 중진들이 사퇴하고 사업을 대폭 축소하고서도, 버텨내는 것이 그리 녹록지 않아 보인다. 그나마 오랜 시간 은염 인화의 명맥을 유지하던 사진관들도 디지털 잉크젯 회사로 흡수되거나 하루아침에 자취를 감추고 있다. 과연 이 일을 언제까지 할 수 있을까? 아날로그 사진 시장이 설 곳을 잃고 봉투를 구할 수 없다면 나도 더 이상 가방을 만들 수 없을 것이다. 그것은 마치 끝이 정해져 있는 연애를 하는 기분.

그러나 서서히 몰락해가는 연인의 모습을 보면서도 내가 먼저 이별을 고하지 못하고 마지막 남은 하나까지 모두 되살리고 싶은 마음. 그 마음이 수거하는 수고로움보다 더 크기 때문에 이 일을 끝까지 놓지는 못할 것 같다.

끝날 때까지
끝난 게 아니니까

제품만큼이나 많은 고민이 되었던 택배 상자. 기왕이면 환경에 부담을 덜 주고 내용물을 안전하게 배송할 수 있는 방법이 뭐가 있을지 고민하던 중 사탕수수 찌꺼기로 만드는 종이를 알게 되었다. 한 해 종이 생산을 위해 벌목되는 나무가 40억 그루에 달한다고 한다. 이는 2초에 하나씩 축구장 크기의 숲이 사라지는 것과 같은 속도인데, 나무가 자라는 속도보다 인간이 베어내는 속도가 더 빠른 셈이다. 반면 인간이 필요에 의해 재배하는 농작물 중 가장 많은 비중을 차지하는 것은 밀이나 옥수수가 아닌, 사탕수수라고 한다.

사탕수수는 성장 속도가 매우 빨라, 열대 기후에서는 한 해 여러 번 수확이 가능하다. 매년 엄청난 양의 사탕수수가 재배되고 설탕을 추출하고 나면 섬유질의 찌꺼기는 모두 버려지는데, 그 폐기물을 모아 종이를 만든다는 것이다. 이렇게 만들어진 종이는 땅속에서 3개월 만에 분해가 된다. 사탕수수 종이를 사용하면 오래된 나무를 베어내지 않아도 되고 환경적 부담도 줄일 수 있어 죄책감이 덜할 것 같았다.

수거되는 재활용 쓰레기 중에서 가장 깨끗한 상태, 그러니까 소재별로 분류를 완벽히 해오셔서 재활용되기 좋은 상태로 수거해 오시는 분들이 파지 줍는 할머님들이라는 보고가 있다. 바쁜 오늘을 사는 우리는 유리병에 금속 뚜껑을 채워서 버리기도 하고 종이팩에 빨대를 꽂아 버리는 경우도 많지만, 할머님들은 그것을 꼼꼼히 분류하여 고물상으로 가져다주신다.

눈이 오나 비가 오나 뜨거운 땡볕 내리쬐고 칼바람 불어 볼이 떨어져 나갈 것 같은 날씨에도, 어김없이 동네 구석구석을 돌며 파지 줍는 할머니가 우리 동네에도 계신다. 어쩌다 하루이틀 안 보이면 괜스레 동네 이곳저곳을 살피게 되는데 모퉁이를 돌아 할머니의 낡은 리어카를 발견하면 왠지 모를 안도의 한숨이 쉬어진다. 하지만 힘겹게 하루 종일 파지를 모아 리어커 가득 실어 가도 5천 원이 채 안 된다. 시원한 아이스커피 한잔에도 못 미치는 금액이다. 그러던 중 택배 상자에 붙은 테이프를 뜯어내느라 한참을 같은 자리에 머물러 계신 것을 본 후로는, 박스를 버릴 때도 송장과 테이프를 떼내 버리고자 노력한다.

재재프로젝트를 진행하면서, 할머니의 일손을 조금이라도 덜어드리자는 마음으로 테이프가 필요 없는 비접착식 조립 박스를 만들기로 했다. 비닐 테이프와 화학 본드 사용도 함께 줄일 수 있을 것이다. 하지만 테이프를 붙이지 않고도 박스가 풀리지 않도록 하는 것이 여간 쉽지 않았다. 그때만 해도 사탕수수 종이가 갓 출시된 상황이라 시중에서 사탕수수 박스를 구할 수 없었기 때문에 직접 제작해야만 했다. 조립된 박스를 풀면 하나의 몸체로 되어 있되 내용물이 빠져나오지 않도록 칼집을 내어 보조 기둥을 만들고 맞닿는 면들이 서로를 받쳐줄 수 있도록 도안을 만들었다. 마치 종이접기 공작 시간 같은 날들이 계속되었고 시행착오를 거쳐 여러 번 샘플 작업을 거친 후 박스가 완성되었을 때 정말 너무 기쁜 나머지 얼른 달려가 파지 줍는 할머니께 박스를 보여드리고 싶을 정도였다.

그 와중에도 스타일을 잊지 않고 혹시나 배송 중에 상자가 풀릴 것을 염려해 가장자리만 짚어줄 수 있도록 종이 필름 스티커를 만들어 붙여주었다. 제품이 안전하게 배송된 후 종이 스티커를 풀면 누구나 쉽게 원래 상태의 납작한 종이로 펼칠 수가 있다. 또한, 깨지는 상품이 아니기 때문에 택배 발송이라 하더라도 에어캡을 전혀 쓰지 않는다. 비가 오는 만약의 경우를 대비해서 젖지 않도록 생분해 비닐로 한 번 감싸는 정도는 어쩔 수 없었다. 불필요한 송장도 붙이기 싫어 초반에는 주소를 일일이 손 글씨로 써서 보냈는데 한 글자 한 글자 꾹꾹 눌러 쓸 때면 꼭 편지를 쓰는 기분이 들어 좋았다. 마지막으로 상자의 겉면에는 고유의 제작 번호를 새겨 넣었다. 유통기한이 없는 가방이지만 인화지 봉투가 점차 사라져가고 있는 것을 기억하기 위해 제작 연도를 기록해두기 위함이다.

재재프로젝트라는 브랜드가 왜 탄생했는지, 어떤 마음으로 제작했는지, 소비자의 손에 닿는 순간까지 나의 진심이 오롯이 전달되기를 바랐다.

코닥

코닥이라는 브랜드를 생각하면 늘 마음 한구석이 짠했다. 운동회나 소풍, 수학여행이나 신혼여행에 빠짐없이 동행했던 '코닥 일회용 카메라'. 하지만 이제는 휴대전화가 모든 것을 대체하는 시대 아닌가. 동네 작은 구멍가게에서도 쉽게 볼 수 있었던 일회용 코닥 카메라를 요즘은 눈 씻고 찾아봐도 구하기가 어렵게 되었다. 그렇게 쓸쓸한 코닥의 퇴장을 지켜보는 것이 내내 마음 아프다. 코닥 전성기를 함께했으나 동시에 몰락을 지켜본 세대로서 갖는 일종의 '애잔함'이라고 해야 하나. 한때는 똑똑하고 잘 나가던 친구가 자신의 취향을 고집한다는 이유로 시대착오적이라 비난받을 때도 왠지 끝까지 그의 편에 서고 싶었다. 왜냐하면 '필름 사진'을 탄생시킨 장본인이니까. 그것만으로도 박수를 받아 마땅하기에.

사진 문화는 디지털이 잠식했고, 이에 코닥사는 카메라 필름 생산 설비를 대폭 줄인다는 입장을 내놓았다. 필름사진관을 운영하는 우리에게는 청천벽력 같은 소식이다. 필름값은 천정부지로 뛰고 만만하게 일상 사진을 남기던 필름 마니아층들은 필름 카메라를 꺼내기 망설인다.

코닥에서 필름을 조금 더 오래 만들었으면 하는 바람을 우리보다 더 노골적으로, 거의 시위에 가깝게 표현하고 지지하는 사람들도 있다. 코닥 영화 필름으로 작품을 만드는 할리우드 영화감독들. 디지털카메라로 촬영하면서 손실되거나 변환되는 영상의 해상도에 대해 극도의 예민함을 보인다거나 필름 특유의 깊이감을 선호하는 취향 때문이다. 「인셉션」, 「인터스텔라」를 만든 크리스토퍼 놀런 감독과 「킬빌」의 쿠엔틴 타란티노 감독은 아직도 코닥 필름으로 영화를 찍고 있으며, 음악영화의 메가 히트작인 「라라랜드」 역시 중요 장면의 감성을 극대화하기 위해 일부를 필름으로 촬영한 것으로 알려져 있다. 그

중에서도 크리스토퍼 놀란 감독은 아날로그 방식으로 영화를 찍는 대표적인 감독이다. CG를 거의 쓰지 않기로 유명하며 '필름은 영화, 영화는 곧 필름이다.'라는 말을 남기기도 했다. 놀란 감독은 제작사에게 "코닥 필름이 아니면 영화 안 찍어."라며 이유 있는 생떼를 쓰기도 한단다.

거장들의 생떼는 기업을 움직인다. 코닥은 필름 생산을 중단하려다가 여러 감독의 만류와 제작사의 투자 덕분에 영화 필름을 새롭게 출시하기도 했다. 그 덕분에 우리는 필름 영화를 향유할 수 있는 마지막 열차를 탄 행운아다.

나의 좋은 시절마다 늘 함께했던 코닥이라는 친구에게 말해 주고 싶다. "그때의 넌 정말 대단했고 여전히 너는 최고야! 그저 옛날의 향수에 머물러 있는 것이 아니라 새로운 팬층을 계속 만들어 내고 있잖아. 그것은 네가 모든 세대를 아우를 만큼 변치 않는 매력을 갖고 있다는 뜻이야."라고.

남편이 퇴근길에 선물이라며 틈틈이 찍었던 필름 사진을 인화해서 가져왔다. 앨범에 넣기 전 아이들과 앉아서 한참을 들여다봤다. "이것 봐. 이땐 정말 꼬맹이였네." "그 사진 다 보고 나한테로 줘." "이 사진은 잘 볼 수 있는 곳에 하나 걸까?" "그래! 사진이란 바로 이런 것이었지. 손가락 하나로 획획 넘겨보고 확대하고 쉽게 지워버리는 것이 아니라 이렇게 손에서 손으로 전해지고 감촉으로 느낄 수 있는 실체가 있는 것이었지."
참 별것 아닌데 뭔가 굉장히 낭만적이고 뭉클한 순간이다.

재재의 여행

앞서 말한 것처럼 내 생활 반경은 매우 좁은 편이다. 집, 아니면 사진관. 동네를 벗어나는 경우도 가끔 있는 특별한 일이다. 아이들과 함께 있을 수 있는 일을 찾다 보니 집에서 일하는 것이 익숙해진 탓도 있다. 집과 사진관에 머물러 있을 때가 가장 편한데 아닌 게 아니라 집에서 해야 할 일들을 다 처리하고 나면 늦은 밤이 되거나 집 밖을 나가기가 싫어질 때가 많다. 여행을 떠나고 싶은 마음 반, 집에 머물러 있고 싶은 마음 반. 그런데 아직까지는 집에 머무르고 싶은 마음이 늘 이긴다. 하지만 우습게도 여행을 가보고 싶은 곳은 많아서 늘 여행을 꿈꾼다. 언제가 될는지 모르지만 유럽 배낭여행을 목표로 '재재백팩'도 미리 만들었다.

그런데 신기한 것이, 내가 만든 가방은 내가 가보고 싶었던 곳을 다 간다. 이탈리아, 독일, 프랑스, 덴마크, 네덜란드, 미국, 그리고 일본. 그 이유는 다름 아닌 여행자의 가방으로 선택받은 덕분이다. 여행을 함께 하고 싶은 가방이라니. 제작자로 이보다 더 즐거운 일이 있을까? 가끔 여행지에서 찍은 사진을 보내주시는 분들이 있는데 얼마 전까지만 해도 내 곁에 있던 가방이 여행자와 함께 세계 곳곳을 누비고 있다고 생각하면 덩달아 나도 그곳에 함께하는 기분이 든다. 간혹 여행 중에 만난 낯선 이가 "이 가방 대체 뭐냐? 어디에 가면 살 수 있느냐?"라고 물어올 때도 있다는데 먼 곳에서 그런 소식이 들려올 때면 온종일 비행기를 탄 것처럼 붕 뜬 기분이다.

나는 패션디자이너도 아니고, 재봉기술자도 아니다. 그저 한국의 어느 자그마한 동네에서 사진관을 운영하며 세 아이를 키우는 엄마일 뿐. 그런데 내가 만든 가방이 온 나라를 누빈다고 생각하면 참으로 감개무량한 일이다. 삶은 곧 여행. 늘 생각지도 못한 일들이 벌어지고 새로운 사람을 만나고 낯선 길을 걷게 된다. 언젠간 나도 백발이 성성한 할머니가 되어 재재 가방을 메고 여행지에서 새로운 사람들과 만나는 날이 올까 싶다.

CULTIVATING
LIFE & STYLE

현재의 나,

미래의 우리를 위해

만들고 심는 일상

Projected by Kim Kyungran

CONTENTS

MY
OLD STUFF

나의 오래된 물건들

나는 오래된 사물을 좋아한다. 어렴풋이 기억하는 지난날, 주변에서 자주 보았던
물건을 수집하는 것이 좋다. 소반과 그릇, 반짇고리와 소쿠리 같은 것들. 그런 물건을
가까이 두고 사용하는 것만으로도 편안함을 느낀다.

오래된 사진 기자재와 제제상회의 물건들이 한데 어우러진 예전 사진관의 모습.

1 오동나무를 둥글게 깎아서 만든 오래된 2단 찬합.

2 실이나 바늘 골무 등 바느질 도구를 보관하던 왕골 반짇고리.

3 옛날 여인들이 특별한 날에만 아껴 사용하던 코티 분통.

4 호두나무를 일일이 손으로 깎아서 만든 숟가락.

5 무명옷을 입혀 예쁜 손 자수를 놓은 빗자루.

6 버드나무를 엮어서 만든 여행 가방. 모서리가 닳을까 봐 가죽을 덧대었다.

JEJE STORE

제제상회

남편의 사진관과 아내의 소품 가게. 제제상회는 오래되었지만 소박하고 아름다운 살림살이들을 소개하는 공간이었다. 대나무 바구니와 그릇, 나무 소반처럼 우리 삶의 이야기가 묻어 있는 낡은 빈티지 소품들을 셀렉팅하고, 행주나 빗자루, 나무 숟가락 등 한국 살림 문화에서 모티프를 얻어 새롭게 제작하기도 했다.

오래된 한국 문화에서 모티프를 얻어 새롭게 제작한 제품들

1 도톰한 무명을 두 겹 덧대고 들꽃 손자수를 새겨 넣은 행주.

2 못 쓰는 놋숟가락을 자르고 두드려 만든 못난이 티스푼.

3 옛날 이불 호청 디자인에 착안해 만든 리넨 티코스터.

4 생명과 다산을 상징했던 물고기를 모티프로 제작한 패브릭 소품.

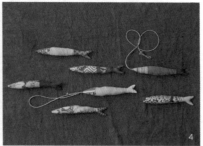

LUFFA SPONGE

천연 수세미

수세미는 박과의 덩굴식물로, 서늘한 가을볕에 바싹 말리면 껍질이 후드득 벗겨지면서 우리가 흔히 보는 수세미 모양새가 된다. 굳이 제로웨이스트의 의미를 따지지 않고 성능만 보더라도 수세미의 세척력은 우수하다. 통수세미를 잘라 쓰기도 하고, 섬유질이 질긴 속 심지 부분만을 잘라 병 솔로 이용하기도 한다. 표백하거나 삶지 않은 자연 그대로의 수세미라 안에 들어 있는 까만 씨앗을 봄에 심으면 가을쯤 수확의 기쁨도 맛볼 수 있다.

BAMBOO BASKET

대나무 바구니

우리나라 죽공예의 불씨가 서서히 꺼져가고 있지만 다행스럽게도 아직 대한민국 죽공예의 위상을 세계에 알리고 있는 분이 계셔서 얼마나 반가운지 모른다. 곡성에 대밭을 가꾸고 직접 수확한 대나무로 바구니를 엮는 한창균 선생님. 대구에 살면서 대나무를 쪽으로 가르거나 바구니를 엮는 모습을 본다는 것은 사실상 거의 불가능한 일인데 대나무 공예를 사랑하는 지역 분들을 위해 직접 오셔서 죽공예 수업을 해주실 수 있을지 조심스럽게 부탁드렸다. 한 선생님은 무척 반가워하시며 흔쾌히 허락해주셨는데, 긴 대나무와 칼 한 자루를 들고 나타나신 첫인상이 아직도 뇌리에 깊이 남아 있다. 대나무에 칼을 대고 쩍 소리와 함께 대를 쪼갤 때 고요한 정적을 깨트리는 그 날카로운 소리는 과연 압도적이었다. 그 후 한 선생님과 인연을 함께하며 '소쿠리전'을 열기도 하고 '봉산장'이라는 마켓을 주최하며 선생님이 새둥지를 닮은 바구니를 엮는 모습을 사람들과 함께 구경했다. 만드는 과정을 보는 재미는 곧 사물에 대한 애정으로 바뀌고 그때 선생님께 배워 만든 바구니는 수년이 지난 지금도 주방 한 켠에 자리하고 있다.

석주사진관에서 열린 한창균 죽예회 '소쿠리전'에서 선보인 다양한 대나무 소쿠리들.

1, 2 한창균 선생님과 함께한 '둥지바구니 만들기' 죽공예 수업.

JEJE PROJECT

재재프로젝트

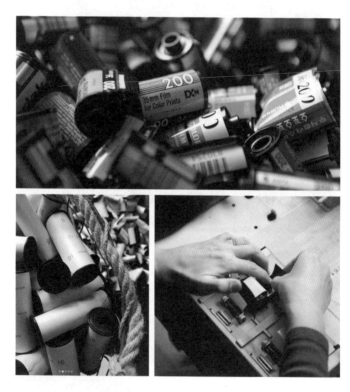

필름 현상을 거치고 난 후 버려지는 필름 매거진들.

재재프로젝트의 시작은 두 딸아이 때문이었다. 미세먼지와 미세 플라스틱 등 우리가 만들고 버린 것들이 다시금 우리에게 위협으로 다가오는 상황들을 목격하면서, 아이들이 자라야 할 환경을 부모 세대가 오염시키는 현실이 너무도 미안했다. 한편으로 사진관에서 나온 쓰레기로 만든 가방을 남편이 다시 사용하는 상황을 경험하며 환경의 유기적인 연결성에 대해 많은 생각을 하게 되었다.

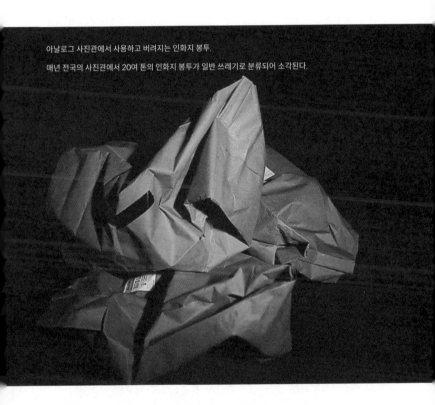

아날로그 사진관에서 사용하고 버려지는 인화지 봉투.
매년 전국의 사진관에서 20여 톤의 인화지 봉투가 일반 쓰레기로 분류되어 소각된다.

HOW TO UPCYCLE

인화지 봉투 업사이클링

기왕 우리의 필요로 만들어진 소재라면 수명을 늘려 오래 쓰는 것이 대안이 되지 않을까? 버리면 쓰레기지만 버리지 않으면 아직은 쓰레기가 아닐 테니까. 빛과 습도에 취약한 인화지를 보호하기 위해 차광이 완벽하게 되는 필름이 접착된 봉투. 본래 기능도 충실히 해내지만, 내구성도 뛰어난 이 특별한 쓰레기를 버리지 않고 차곡차곡 모으기 시작했다. 뚜렷한 계획은 없었지만 어딘가에 꼭 요긴하게 쓰일 곳이 있을 것만 같았다.

한 달에 한 번, 인근 사진관을 돌며 인화지 봉투를 수거해온다.

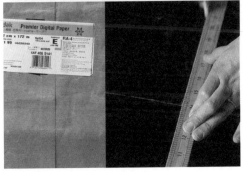

수거한 인화지 봉투는 각각의 상태에 따라 분류한 뒤 재단을 거친다.

왼쪽 크라우드 펀딩을 통해 목표 금액의 2,000%를 달성하여 출시하게 된 재재 롤링백.

오른쪽 옛 석주사진관 앞에서 재재 토트백을 들고 촬영한 모습이다.

재재프로젝트 제품 중 가장 작은 물건은 필통이다. 가방을 재단하고 남은 자투리들이 아까워 큰딸아이가 입학할 때 선물하려고 한두 개 만들어보다가 제품화했다. 오렌지색 라벨에 앞뒤로 거듭날 '재'와 재료 '재' 한자가 한 글자씩 쓰여 있는 귀여운 디자인에, 간단한 필기도구를 수납하기에 좋다. 펄프 소재여서 조용한 수업 시간에 혹시나 실수로 떨어트려도 소리가 크지 않아 좋다는 후기에 힘을 얻어, 딸아이의 친구들 생일에 필통을 선물하기도 했다. 필통은 빛이 완벽히 차단되는 기능 때문에 선글라스 케이스로 쓰기에도 안성맞춤이었다.

FILM KEY HOLDER

필름 키링

35mm 필름을 보호하기 위한 껍데기인 매거진은 제조사별, 연도별로 디자인이 각양각색이라 수집하는 재미가 있다.

재미있는 디자인의 필름 매거진을 USB나 키링으로 업사이클링했다.

2019년 3월, 석주사진관에서 열린 재재프로젝트 론칭 파티 때의 제품 세팅 모습.

THE JOURNEY OF BAG

재재의 세계여행

가볍고 튼튼한 장점 때문인지 여행자의 가방으로 선택되어 세계 각국을 여행하는 재재 가방. 특별한 여행을 함께하고 싶은 가방이라니. 제작자로서 이보다 더 즐거운 일이 있을까.

수많은 여행자와 함께 세계 각국을 여행하는 재재 가방들.

재재 직사각 토트백과 함께한 제주 여행. (사진 제공_ 권지현 님)

EAT WELL,
LIVE BETTER

제철 재료로 먹고살기

제철 재료로 만든 음식은 약이나 진배없다. 세균과 바이러스가 몸속에 쳐들어와도 각기 다른 역할을 하는 병사들을 온몸 구석구석 심어둔다는 전략으로 부엌에 머무는 편인데, 그런 마음으로 부엌에 있다 보면 지긋지긋하게 반복되는 일이지만, 그리 고된 일만은 아닌 것처럼 느껴진다.

음식을 만들 때, 항상 육류와 채소의 비중을 염두에 둔다. 위 사진은 숙주를 푸짐히 깔고 그 위에 팽이버섯과 깻잎을 차돌박이에 돌돌 말아 찜통에 쪄낸 음식. 아래는 일상적으로 먹는, 재철 재료로 만든 한식 위주의 밥상 차림.

건축가와 함께 현장 감리를 보는 모습.

BUILD
OUR HOUSE

집을 짓다

내 인생 버킷 리스트 중 하나는 내가 살 집을 내가 한번 지어보는 것. 본격적으로 건축 공사가 시작되면서, 나는 하루도 빠짐없이 현장에 갔다. 평소에도 건축에 관심이 컸는데 건축과 관련한 모든 과정을 세세하게 볼 수 있는 절호의 기회이기도 했다. 새참을 핑계로 들르기도 하고, 주변 정리도 틈틈이 하면서 여기저기 흩어진 폐기물을 모아 분류해 버리기도 하고, 같은 자재끼리 모아 정리해놓기도 했다. 크게 노하우가 필요 없고 누구나 눈으로 보면 할 수 있는 일들을 일부러 찾아서 한 것이다. 현장에서 작업자분들과 함께하다 보면 현장 피드백에 신속하게 대응할 수도 있고, 각기 다른 공정 베테랑분들 이야기를 듣는 재미도 쏠쏠했다.

건축 현장에서 고철을 모으고 주변을 정리하며 집이 완성되는 모든 순간을 함께했다.

3층으로 지은 민효진家의 실내 모습들.

우리 가족은 이 공간에서 날마다 즐거운 일상을 이어간다.

산들에서 제안하는 일상 식물들. 돌, 식물, 흙을 담은 석부작.

SANDEUL

산들 프로젝트

여태껏 아이들을 돌보는 삶이었다면, 이제는 강인한 야생의 식물들을 더 자세히 관찰하며 살아볼 참이다. 그래서 더 늦기 전에, 큰 욕심 부리지 않고 뿌리가 있는 풀 한 포기, 나무 한 그루 더 심는 일을 시작했다. 나무를 베고 풀을 짓밟는 사람이 있다면 심고 가꾸는 사람도 있어야 균형을 잃지 않을 테니까. 삭막한 일상에 시원하고 기분 좋은 바람이 조금씩 일기를 바라는 마음으로 '산들'이라 이름 지었다.

3

보통의 하루, 새로운 시작

나의 쓰임

　돌이켜보면 나의 업적은 무슨 시험에 합격하고, 어떤 회사에
취직을 해 돈을 많이 벌던 시절의 성과가 아니다. 그때의 영광
은 물거품처럼 사라진 지 오래. 그때 받은 월급들도 내 주머니
를 스쳐 간 지 오래. 가장 가까운 사람들에게 보여주어도 결코
부끄럽지 않은 나의 업적은 따로 있다. 누가 보든 안 보든 상관
하지 않고 늘 내 주변을 가지런히 정돈하는 일. 하루의 마지막
일과로 보리차를 끓이고, 냉장고 속 소외된 식재료가 없는지

점검하고, 아이들의 길어진 손톱을 깎아주고, 화분에 물을 주는 일처럼 사소하기 그지없는 수많은 일에도 게으름 피우지 않는 것. 자세히 보지 않으면 아무도 알지 못하는 그 시시한 일들로 하루를 채우는 것이 어쩌면 나의 가장 큰 업적일지 모른다. 내 삶의 목표는 스스로 자족하며 누구에게도 짐이 되지 않고 살다가 이로운 습관만 남기고 아무런 자국 없이 생을 마감하는 것인데, 아직 남은 생은 길고 자족하기 위해선 일을 하지 않으면 안 된다.

코로나를 겪으며 수거되는 인화지 봉투의 양이 급격히 줄어들자, 또다시 실업자가 된 기분이었다. 아이들이 성장하면서 엄마의 역할이 상대적으로 줄어들자 홀가분한 마음과 달리 10년간 다니던 직장을 그만두었을 때와는 비교가 되지 않는 허무가 몰려왔다. 나는 이제 어디에서 나의 쓰임을 찾아야 할까? 진학과 취업, 결혼과 출산 사이에서 무수한 고민과 선택을 해왔지만, 그 모든 선택 뒤에도 늘 새로운 고민이 나를 기다리고 있다. 앞으로도 무수한 선택의 순간들이 있겠지만 어떤 선택을 하든 가장 가까운 가족들에게 부끄럽지 않은 삶을 살다가 마지막까지 나의 쓰임을 다하고 떳떳한 죽음을 맞이하는 것만이 나의 유일한 목표이다.

이런저런 생각이 많아질 때는 평소보다 더 바삐 몸을 움직여

본다. 행주를 하얗게 폭폭 삶고, 마음처럼 어지러운 서랍을 정리하고, 집 안팎을 쓸고 닦는 노동을 하고 나면 몸은 고되지만, 정신은 외려 맑아진다. 그러는 사이 학교를 마치고 돌아온 아이가 지친 얼굴로 배가 너무 고프다고 하면 얼른 뭐라도 좀 먹여야겠다는 생각에 간단히 달걀 프라이 하나에 묵은 김치를 송송 썬 다음 참기름에 조물조물 무쳐 밥을 낸다.

"아…, 너무 맛있어. 이제 좀 살 것 같네. 나도 크면 엄마처럼 훌륭한 엄마가 될 수 있을까?"

훌륭하다는 찬사를 받기에는 초라한 밥상이라 "넌 나보다 더 멋진 어른이 될 거야." 말을 돌렸더니 고개를 절레절레 흔들며 밥 한 그릇을 뚝딱 비워버리는 녀석. 내가 과연 어떤 쓰임을 다하며 살고 있는지 고민이 깊어질 때, 늘 소소한 일에도 칭찬을 아끼지 않는 나의 아이들. 나는 지금 '나의 쓰임'을 누구보다 명확하게 말해주는 존재들과 함께 매일을 산다.

최저생계비

    최저생계비는 인간이 인간답게 살아가는 데 필요한 최소한
의 비용으로, 정부는 국민을 대상으로 생활 실태 조사를 벌여
주거비, 식료품비, 광열비, 수도비, 교육통신비 등 필수 품목
에 최소한의 소비를 할 경우 1인당 얼마가 필요한지를 따져 산
출한다. 그 후 보건복지부에서는 국민의 소득과 지출, 물가 수
준 등을 고려하여 이를 매년 공표하는데, 나는 새롭게 업데이
트되는 이 '최저생계비'에 늘 관심이 많다. 그 이유는 나의 소

비를 점검하는 척도로 삼기 위함이다. 과연 나는 합리적인 소비를 하며 살고 있나? 타인보다 필요 이상으로 많은 것을 누리고 살지는 않는가? 우리 집 식료품비와 전기, 물 사용료는 평균 이상인가? 이하인가? 나 스스로 자각할 수 있는 근거가 있어야 큰 폭의 물가 변동에도 흔들림 없이 가계를 이끌어갈 수 있기 때문이다.

도시에 산다는 것은 많은 기회를 얻음과 동시에 많은 비용을 감당해야 한다. 나물 한 뿌리, 열매 하나 자연에서 거저 얻어지는 것이 없다. 그래서 늘 경제 활동을 해야 하는데 나이가 들어 경제력이 감소했을 때도 당황하지 않도록 검소함을 습관화하고자 애쓰는 편이다. 돈으로 할 수 있는 일은 많지만, 많은 것을 누린다고 해서 절대적으로 행복한가는 또 다른 문제이다. 다섯 식구 먹고살기 위해 부지런히 돈을 벌어야 하지만 돈만 쫓는 삶은 살지 말자고 수없이 다짐한다.

돈을 많이 벌어서 아이들을 풍족하게 키울 자신도 없지만, 돈이 있어야만 풍족함을 느끼도록 키우고 싶지도 않다. 자신이 진정으로 좋아하는 일을 찾고, 그 일이 인간과 자연에 무해한 일인지 생각하고, 작은 일에도 감사하며, 열심히 살아가는 모습을 보여주고 싶고, 아이들 역시 그렇게 살아가길 바란다.

딸들아, 그리고 막둥아!

돈이 있으면 할 수 있는 것들이 아주 많단다. 멋진 집에 살 수 있고 근사한 차
와 화려한 옷들을 마음껏 가질 수 있지. 매일매일 세계 각국의 맛있는 음식
을 맛볼 수 있고 너희들이 그토록 갖고 싶어 하는 게임기 하나 사는 것쯤, 일
도 아니야. 돈이란 것은 그런 힘이 있지. 너희들도 어른이 되면 아마 알게 될
거야. 그렇기 때문에 더더욱 엄마 아빠는 너희들이 어른이 되기 전까지 돈으
로 할 수 없는 것들을 더 많이 가르치고 싶다.
돈의 노예가 되거나 가진 돈이 적다고 낙담하는 일이 없도록. 예를 들면 잔
뜩 기대하고 나온 여행길에 갑자기 소나기를 만나더라도 당황하지 않고 따
뜻한 차 한잔에 몸을 녹이며 비가 그치길 기다리는 초연한 자세라든지, 장
난감 하나 없이도 자연 속에서 그저 개미와 벌레들을 관찰하는 것만으로도
얼마나 즐거운 일인지. 숨이 벅차도록 뛰다 보면 걱정은 저만치 멀어지고 금
세 기분이 상쾌해진다는 것과, 지역마다 꼭 맛보아야 할 오래된 식당들이 있
다는 것도.
아직 가르칠 것이 많구나. 조금만 천천히 커주렴.

2020년 어린이날에 엄마가.

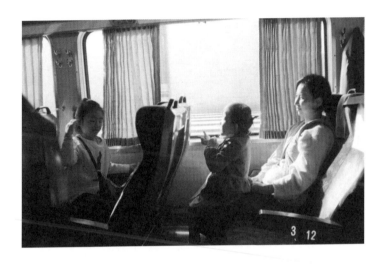

옷장의 크기_ 衣

따뜻했던 봄이 지나고 싱그러운 여름이 찾아왔다. 아침저녁
으로는 쌀쌀하지만, 한낮 온도는 25도를 웃돌 만큼 기온이 높
아져 더 이상 미룰 수 없는 계절 옷 정리를 오늘에서야 비로소
마무리했다. 깊숙이 넣어두었던 여름옷들을 꺼내고, 세탁소에
맡겨두었던 두꺼운 옷들을 찾아와 정리함에 차곡차곡 넣는다.
우리 부부 여름옷은 각자 80(가로)×60(세로)×40(높이)cm 정
리함 한 칸에 다 들어갈 만큼의 양. 아이들 옷은 작아서 이보

다 더 작은 상자에 들어간다. 늘 입는 옷만 입는 편인 데다 세탁하면 다시 그 옷들을 도돌이표처럼 꺼내 입다 보니, 이 중에는 여름내 한 번도 입지 않은 옷들도 더러 있어서 사실 이것도 많다고 느껴진다.

옷장도 크지 않다. 옷장 크기에 맞춰 옷의 양을 조절하고 옷장에 옷이 가득 차 있는 것보다 여유를 두고 낙낙하게 걸려 있는 것이 보기 좋다. 두어 가지를 정리하면 한 가지를 들이는 식이라 전체 옷의 부피는 늘 고만고만한데, 옷장에 옷이 꽉 차 있는 모습을 보면 숨이 턱턱 막히고, 옷 무덤 속에 파묻혀 사는 것 같아 답답한 기분이 든다.

아이들 옷과 신발은 대부분 친척이나 지인들에게 물려받고 직접 구매한 것은 손에 꼽을 정도로 가짓수가 적다. 아이들이 크는 속도를 생각하면 아이 옷의 수명은 특히 더 짧게 느껴지는데, 물려받고 물려주는 선순환의 관행이 사라지지 않기를 바란다. 또한 아이들이 옷이나 신발을 물려받을 때 전주인을 자연스럽게 떠올리는 것도 무척 의미 있다.

"엄마, 이 옷에선 이담이 누나 냄새가 나!"
"이 옷, 지난번 연수 언니랑 바다 갔을 때 연수 언니가 입었던 옷 아냐?"

"선생님! 저 멋진 신발 신고 왔어요. 도윤이 형이 줬어요."

"엄마, 이 옷은 이제 작아졌으니 로빈이에게 물려주는 게 어때?"

옷과 신발을 물려주고, 물려받으며 아이들은 우리와 함께 살아가는 이웃을 느낀다.

남편은 쇼핑이라고는 거의 하지 않는 양반인데, 옷 좀 사자고 하면 늘 뒷걸음치는 편이라 그나마 남편 몰래 하나씩 사다 걸어놓으니 망정이지…, 사실 변변한 옷이 없다. 헌 옷에 대한 거부감도 없어서 빈티지 제품도 좋아한다. 옷이란 남들 보기에 창피하지 않은 정도면 된다고 생각하는 것이 우리 부부의 공통된 생각. 그런데 가끔 창피할 때도 있다. 색이 바래고, 무릎이 해지고, 구멍이 나거나 목이 늘어진 티도 아무렇지 않게 입고 다니는 남편 때문에.

하지만 옷을 만드는 과정에서 소비되는 에너지와 환경오염, 폐기 과정을 생각하면 옷 하나 사는 것도 그리 쉽게 생각할 문제는 아니다. 하나의 옷을 내 집에 들일 때 꽤 신중하게 고민하는 편인데, 심사숙고하여 장만한 옷들은 낡아도 쉽게 버리지 못하고, 닳고 닳을 때까지 입다가 계절이 바뀔 때 굳은 결심 하듯 정리하는 편이다. 아쉽게 이별하듯 낡은 옷을 보내주고, 지나간 계절 옷은 깊숙이 넣고, 작아진 옷들을 다음 주인에게 나누어주는 옷 정리는 우리 집의 큰 계절 행사나 다름없다. 그리고 작년 이맘때 입었던 옷들을 오랜만에 다시 꺼냈을 때, 마치 좋아하는 이를 다시 만난 듯 반가운 기분이 들고 그 옷들과 함께할 이번 계절은 또 어떨지 기대감에 부풀어 오른다.

먹고 사는 일_ 食

아침에 눈 뜨자마자 제일 먼저 하는 것이 밥 짓는 일이다. 자기 전 제일 마지막에 하는 일도 마른미역을 불려놓는다든지, 생선을 해동하려고 꺼내놓고 달걀 개수를 세는 등, 밥 짓는 것과 관련한 일이다. 부엌은 허기를 채워주는 음식을 만드는 곳이지만 정성으로 만든 음식은 허기뿐만 아니라 마음도 채워준다고 믿는다. 왜냐하면 사랑하는 마음이 없으면 정성스럽게 밥을 짓는 일도 할 수가 없으니까. 가족들이 밖에 나갔다가 허기진 배를 움켜잡고 집에 돌아왔을 때, 뚜껑을 열어본 밥솥이 텅 비어 있다거나, 아무리 찾아봐도 입 다실 만한 것이 없다면? 부엌은 금세 허탈한 공간이 된다. 허기진 것은 배였는데, 마음마저 고파지면 안 될 것 같아 나는 늘 밥을 짓고, 고구마를 삶고, 나물을 무친다. 그러고 보면 표현이 서툰 나는 사랑한다는 낯간지러운 말 대신 밥을 하는 것 같다.

태어나서 스무 살이 될 때까지 시골에서 자란 나는 흙을 일구고, 씨를 뿌리고, 잎이 돋고 열매가 맺는 과정을 수없이 보고 자랐다. 할머니의 밥상은 그런 자연의 축소판 같았다. 봄이면 산과 들에서 채취한 향긋한 나물이 가득했고 여름이면 텃밭에서 자란 싱싱한 채소로 볼이 터지도록 쌈을 싸 먹었다. 수확의 계절 가을에는 밥상이 더욱 풍성했는데, 늙은 호박으로 조청을 달이기도 하고, 햇땅콩으로 죽을 쑤어 먹기도 했다. 그리고 겨울에는 뜨끈한 아랫목에서 할머니가 찢어 주시는 동치미를 아기 새처럼 받아먹곤 했다. 이렇듯 계절마다 맛볼 수 있는 별미가 다양했는데, 그때의 기억 때문인지 계절이 바뀌면 자연스레 어린 시절 그즈음 먹었던 어떤 음식부터 떠오른다. 할머니의 노고와 정성이 가득했던 매 끼니의 밥상이 오늘의 나를 만들었다. 그 은혜에 보답하는 길은 내가 받은 끼니만큼 아이들에게도 차려내는 것이 곧 나의 소명이라 여기며 부지런히 밥을 짓는다. 제철 재료로 만든 음식은 약이나 진배없다. 세균과 바이러스가 몸속에 쳐들어와도 각기 다른 역할을 하는 병사들을 온몸 구석구석 심어둔다는 전략으로 부엌에 머무는 편인데 그런 마음으로 부엌에 있다 보면 지긋지긋하게 반복되는 일이지만, 그리 고된 일만은 아닌 것처럼 느껴진다.

나물을 무치고 있으면 고소한 참기름 냄새를 맡고 쪼르르 달려와 "한 입만" "나도, 나도!" 아우성치는 아이들. 쪼그리고 앉아 마늘을 툭툭 빻고 있으면 어느새 다가와 고사리손을 보태고, 고명 준비해놓고 국수를 삶아 채에 건지면 "아빠! 국수 다 됐어!" 전화를 걸어 자리에 없는 마지막 식구까지 야무지게 챙기는 아이들을 볼 때마다 나는 진정으로 행복함을 느낀다.

해가 어스름하게 지는 오후. 학교 마친 아이들 손을 잡고 동네 채소가게에 들러 콩나물을 삼천 원어치 산다. 혼자 식탁에 덩그러니 앉아 콩나물을 다듬고 있으면 어느새 다가와 곁에 앉는 아이들. 썩 내키진 않는 눈치지만 콩나물 다듬기를 거들며 요즘 신변에 관한 이런저런 이야기를 꺼낸다. 나는 그런 시간들이 유별나게 좋다. 어쩌면 그 시간이 좋아서 콩나물을 사는 것인지도 모른다. 씻어 건진 쌀에 수북이 콩나물을 얹고, 다시 마를 한 쪽 넣어 고슬고슬하게 밥을 지으면 그 냄새가 온 집안을 가득 채운다. 대파 송송 썰어 넣고 양념장을 만들어 끼얹고, 고소한 참기름 한 바퀴 쓱 둘러 주면 다른 찬 필요 없다. 그렇게 오손도손 둘러앉아 한 그릇씩 비우고 나면 행복은 삼천 원밖에 하지 않는 것 같다.

겨울에는 학교 간 아이들 오는 시간에 맞추어 가래떡을 굽는다. 감기 기운이 있어 뵈면 도라지청도 한편에 곁들인다. 부엌에 서서 돌돌 굴려 가며 가래떡을 굽고 있으면 어느새 너도나도 다가와 찹찹거리며 떡을 집어 먹는 아이들. 먼 훗날 삼 남매 모두 장성하여, 늦었다며 밥 한술 못 뜨고 헐레벌떡 집을 나서거나, 약속이 있어 오늘은 밖에서 밥 먹는다는 전화가 걸려오거나, 이제 그만 집 떠나 독립하겠다고 하면…, 그때 나는 이 일 말고 다른 무슨 재미난 일을 하며 살까? 그 순간이 찾아오면 나는 지금의 이런 소소한 부엌의 풍경들이 사무치게 그리울 것 같다.

채식주의자는 아니지만

나는 채식주의자가 아니다. 그런데 공장식 사육으로 희생되는 동물들에 대한 연민 때문에, 육류보다는 곡물과 채소 섭취의 비중을 늘리려 의식적으로 노력하고 있다. 고기이든 유제품이든, 하다못해 조미료이든 우리는 어떤 형태로든 거의 매일 육식을 한다. 이 정도 되면 우리는 매일 먹는 음식인 동물의 삶에 관해서도 더 이상 외면해선 안 될 것이라는 생각이 든다.

젖소의 암컷을 생각해보자. 우유를 짜내기 위해 분만과 출산을 끊임없이 반복하지만 정작 자신의 새끼에게는 젖 한번 못 물려보고 노쇠해질 때까지 착유기에 가슴을 내주다 자신의 사룟값보다 적은 우유를 생산하기 시작하면 경제적 가치를 잃고 도축되는 암소. 그런 암소의 운명을 생각하면 우유 한모금 마시는 것도 마음이 짠하다. 나 역시 세 아이 모두 모유를 먹여 키웠지만 아기가 직접 모유를 먹을 때와 유축기로 젖을 짤 때의 느낌은 하늘과 땅 차이. 어린 내 새끼와 눈을 맞춰가며 젖을 주는 기쁨은 오로지 포유류의 암컷만 누릴 수 있는 최상의 특권이자 기쁨인데, 유축기로 젖을 짤 때는 고통스럽기만 하고 암컷의 존엄을 부정당하는 기분이 들기도 한다. 그러니 그런 일을 평생 한다는 것은 암소의 입장에서는 고통일 수밖에 없다.

닭의 운명은 또 어떤가. 캄캄한 밤 위성으로 보아 도시가 아닌 곳에 혼자 덩그러니 별처럼 빛나는 곳이 있다면 그곳은 백발백중 양계장이란 말이 있다. 닭이 울면 아침이 온다는 말이 무색할 정도로 닭들이 밤낮을 구분 못하도록 24시간 불을 밝힌 손바닥만 한 케이지에서 알을 낳다 죽어가는 닭. 뒤돌아설 수도 없는 좁은 닭장에 여러 마리를 함께 키우다 보니 서로를 쪼아 죽이는 일이 빈번해 아예 부리를 잘라버리는 경우도 있다고 한다. 이렇게 낳은 달걀을 과연 건강식품이라 말할 수 있을까? 장을 볼 때 성분을 그다지 꼼꼼히 따지는 편은 아니지만 계란을 살 때만큼은 되도록 난각 번호를 확인하고 끝자리가 '2'인 것으로 사려고 한다. 알을 낳을 수 있다는 이유로 첫번째 분쇄의 위기를 넘기고 살아난 암탉. 그러나 평생 지렁이 한 마리 제대로 못 쪼아보고 평생 내가 낳은 알 한번 품지 못하고 죽는 것이 닭의 운명이라면 날개 한번 쭈욱 펼 수 있고 모래 한번 쪼아볼 수 있는 곳에 살았으면 하는 바람 때문이다. 암탉의 일생을 떠올리면 달걀 한 알도 허투루 쓰이다 버려지는 일은 없어야 할 것이다.

인간은 오래전부터 동물을 에너지원으로 섭취해왔다. 나 역시 어릴 적 할머니께서 살아 있는 닭 목을 비트는 것을 보고 한동안 닭고기를 거부한 적도 있었지만, 살기 위해서는 먹어야 하고 동물을 섭취하는 것이 일종의 죄의식으로 자리 잡는 것은 적절치 않다고 생각한다. 그리고 이 세상 그 어떤 엄마도 성장기 아이들을 채식만으로 키울 용기는 없을 것이다.

동물을 섭취한 덕분에 아이들은 더 튼튼하게 자랄 수 있고, 영양의 불균형도 어느 정도 해소할 수 있기 때문이다. 야생의 동물들도 생존을 위해 사냥을 하거나 죽은 동물의 사체를 먹지 않나? 동물이 동물을 먹는 것은 자연의 섭리, 그중 한 부분이다. 하지만 학대에 가까운 도축 시스템을 알아버린 이상, 되도록 덜 먹는 것을 염두에 두고 사는 것과 그렇지 않은 것에 차이는 분명히 있을 것이다. 육류를 필요 이상으로 섭취하거나, 희생을 강요하여 기껏 도축한 동물의 살점이 속절없이 버려지는 일은 기필코 없어야 한다.

엄마가 된 후로 나는 아이들에게 될 수 있으면 몸에 좋은 것을 먹이고 싶었고, 건강한 채식의 습관을 길러주기 위해 노력했다. 그러나 요즘은 생각이 조금 바뀌어 햄이나 소시지 같은 가공육도 가끔은 먹으려 한다. 한 마리의 동물을 도축하여 맛있는 부분만 골라 먹는다는 것이 오히려 그들에게 더 미안한 생각이 들었기 때문이다. 도축의 부산물을 아낌없이 먹기 위해 가공육 기술이 발전했는데, 내 몸을 아낀다는 명분으로 그런 음식을 꺼리는 것이 과연 죽은 동물의 입장에서 덜 억울한 일이 될 수 있는가? 다만, 육식하는 죄의식에서 조금은 벗어날 수 있도록 동물들이 살아가는 환경만이라도 상식적인 선으로 개선되기를 바랄 뿐이다.

민효진家_ 住

내가 어릴 때 살던 동네는 작은 시골 마을이라 아파트가 없기도 했지만, 집집마다 특징들이 다 달라 동호수나 번지를 외울 필요가 없었다. 사과밭 이층 양옥집, 끝티집(길의 끝에 있는 집), 빨간 지붕집, 은행나무 초록 대문집, 다리 건너 우물집, 감나무집처럼 숫자가 아닌 이미지로 기억되는 집들이 대부분이었다. 그 때문에 나는 아직도 아파트 동호수나 자동차 번호판, 전화번호 같은 숫자는 도통 못 외운다. 대신 한 번 가본 좁은 골목길도 잘 기억하도록 훈련된 것 같다.

 사람이 사는 방식이 다 다르듯 집의 형태도 다양했으면 좋겠다. 우리나라의 주거 문화는 십 수년간 편리함을 이유로 정형화된 아파트를 선호했고 그로 인해 소규모 건축사무소들에게는 건축의 기회가 많이 주어지지 않은 탓에 단독주택의 진화는 더디게 이뤄졌다. 그 결과 각자의 라이프스타일에 맞는 집을 선택할 기회의 폭도 상대적으로 줄었다.

내 인생 버킷 리스트 중 하나는 내가 살 집을 내가 한번 지어보는 것. 틈틈이 건축 서적을 찾아 읽으며 막연히 생각했던 계획들을 조금씩 이미지화하기 시작했고 상상 속에다 수십 채의 집을 짓곤 했다. 그렇게 수없이 끼적이고 지우기를 반복하던 지난날. 드디어 굳은 결심이 섰을 때, 건축사무소를 찾아가 본격적인 설계를 받아보기로 했다.

 집이라고는 그저 손으로 툭툭 두드려 지은 두꺼비집이 전부인데 그런 이도 집을 지을 수 있을까? (정작 그 집엔 두꺼비도 살지 못한다.) 도면에 무심코 그려 넣은 가느다란 선 하나도 현실에서는 크고 단단한 벽이 되어버릴 텐데, 그 막중함을 어떻게 이겨낼까? 또 우리가 죽거나 떠나고 난 이후에 이 건축물은 어떻게 사용될 수 있을까? 끊임없는 고민이 꼬리에 꼬리를 물었다.

지은 지 몇 년 만에 부서지는 건축물이 있는가 하면, 세대를 뛰어넘고 주인이 여러 번 바뀌어도 여전히 사랑받으며 재사용되는 공간도 있다. 1년간 배출되는 탄소 중 31%가 시멘트와 철, 플라스틱을 생산하는 과정에서 발생하고 이는 대부분 건축에 쓰이는 재료이니, 건축 또한 환경과 전혀 무관한 분야는 아니라고 생각한다. 잘 지은 집이라면 내가 죽은 후에도 다른 사람들 곁에 오래 머물 것이고, 먼 훗날 이곳에 누가 살게 될지 알 수 없지만 귀하게 쓰인 자재들이 한순간에 폐기물이 되지 않게 하려면 한 번 지을 때 건축 공해를 일으키지 않도록 백 번 고민해도 부족하지 않다.

스케치로 그려본 그림을 건축 도면으로 받아보았을 때, 100분의 1로 축소된 도면을 펼쳐놓고 길이와 너비를 아무리 재보아도 도무지 감이 잡히지 않았다. 3D 도면은 툴이 익숙지 않아 벽 속에 갇혀 길을 잃기도 하고, 우주의 별처럼 작아진 집을 확대해서 찾아내느라 진땀을 빼기도 했다. 그러나 문지방이 닳도록 상상 속 집에 드나들고 도면과 독대하던 시간이 쌓여가자 마침내 눈을 감고도 코너를 돌면 창문 밖으로 이팝나무가 보이고 계단을 오르면 방문 고리가 손에 닿을 정도로 생생하게 느껴졌다. 특히 조감(鳥瞰)도라는 말이 재미있는데, 한자 뜻 그대로 마치 새가 높은 하늘을 날면서 보는 시선으로 집을 다각도로 내려다볼 수 있는 도면이다. 또 단단한 집을 두부

자르듯이 수직으로 잘라서 보는 단면도(斷面圖), 수평으로 잘라서 보는 평면도(平面圖), 땅의 높이에서 정면으로 바라보는 입면도(立面圖), 전기가 흐르는 길 전기도(電氣圖), 물이 흐르는 길 위생설비도(衛生設備圖), 또 집을 곧게 세우는 척추뼈를 엑스레이로 찍어 놓은 듯한 구조도(構造圖)와 각 층의 창문에 이름을 짓고 창의 종류와 열리는 방향까지 상세히 기록한 창호도(窓戶圖)에 이르기까지. 집 한 채를 짓는 데 필요한 도면을 모두 엮으니 정말로 책 한 권이 되었다. 그 도면은 철근공, 전기공, 목수할 것 없이 현장 모든 사람에게 지침서가 되었고 그분들의 손에 의해 상상 속에 있던 그 집은 어느새 눈앞의 현실이 되었다.

본격적으로 건축공사가 시작되면서 나는 하루도 빠짐없이 현장에 갔다. 평소에도 건축에 관심이 많았는데 건축과 관련한 모든 과정을 세세하게 볼 수 있는 절호의 기회이기도 했다. 하지만 작업자 입장에서는 뒷짐 지고 간섭만 하는 건축주가 현장에 늘 함께한다는 것이 큰 부담일 수 있다. 그래서 새참을 핑계로 들르기도 하고 주변 정리도 틈틈이 하면서 여기저기 흩어진 폐기물을 모아 분류해서 버리기도 하고 같은 자재끼리 모아 정리해놓기도 했다. 크게 노하우가 필요 없고 누구나 눈으로 보면 할 수 있는 일들을 일부러 찾아서 하는 것이다. 그렇게 현장에서 작업자분들과 함께하다 보면 현장 피드백에 신속하게 대응할 수도 있고 각기 다른 공정 베테랑분들 이야기를 듣는 재미도 쏠쏠했다.

늑대의 강력한 입김에도 끄떡없던 아기 돼지 삼 형제의 벽돌
집이 뇌리에 깊이 박힌 탓일까? 나는 빨간 벽돌집이 유난히 좋
다. 지나가다가 우연히 예쁜 적벽돌 집을 발견하면 일부러 돌
아가거나 뒷걸음질 쳐서라도 다시 보곤 했을 정도였다. 작은
벽돌을 한 장 한 장 쌓아 만드는 높은 밀도감도 좋고, 단순하
게 반복되는 패턴이지만 전체가 되었을 때 느껴지는 그 특유
의 단단함이 좋았다. 오래 보아도 질리지 않고, 다시 봐도 여전
히 예쁘고, 새것도 이쁘지만 낡으면 낡은 대로 클래식한 매력
이 더해지는 적벽돌. 한번 좋아했던 것은 시간이 지나도 변함
없이 좋고 영원히 좋아할 수 있을 것 같은 것들을 하나씩 수집
하며 곁에 두고 사는 것 같기도 하다. 그 확고한 취향 때문에
빨간 벽돌집에 살았었고 빨간 벽돌 사진관을 운영하다가 결국
빨간 벽돌집을 짓게 되었다.

모든 공정이 다 흥미롭고 좋았지만 특히나 벽돌을 쌓을 때
는 한순간도 자리를 뜨기 싫을 만큼 현장이 좋았다. 조적공 옆
에서 쪼그리고 앉아 시멘트도 긁어내고 벽돌도 옮기며 그렇게
몇 날 며칠을 함께했다.
"벽돌 수평 잡는 게 꼭 못줄 쳐서 모내기하는 방법이랑 비
슷하네요?"

"젊은 아주머니가 모내기를 다 알아요?"

"시골에 살았거든요. 모판 나오기 전엔 다 이렇게 했잖아요. 모도 쪄서 나르고 모도 심어봤어요."

그러자 어르신 조적공 중 한 분이 물으셨다.

"여기 뭐 하는 곳이길래 아주머니가 그렇게 공을 들이십니까?"

"사진관이에요."

"내가 젊은 시절에 흑백사진을 했었지. 사진도 찍고 암실 인화도 하고…. 그때만 해도 그게 돈이 안 돼서 벽돌을 쌓기 시작했는데 그게 평생이 될 줄 누가 알았나. 허허- 내 참하게 쌓아줄 테니 걱정 말아요."

요즘 건축 현장에는 젊은 사람이 없다. 험하고 고된 일이라 모두 기피하기 때문이다. 작은 건축 현장에서는 일흔이 넘어 보이는, 백발이 성성하고 허리가 굽은 어르신들을 어렵지 않게 만난다. 이 일을 하신 지 얼마나 되셨냐고 여쭤보면 "아이고, 이런 일 하고 산 게 자랑도 아니고. 그래도 한 40년은 됐지, 아마." 하신다. 자식들 다 키워낸 후에도 누군가에게 짐이 되지 않으려고 청년처럼 일하시는 분들을 보면 숙연해지다가도, 그 일을 자랑으로 여기지 않으시는 모습을 보면 속상하다.

"대구에 잘 지어진 벽돌집 중에 어르신 손길이 안 닿은 곳이 없겠어요? 사진관 오픈하면 꼭 한 번 사진 찍으러 오셔요! 사

진관에다가 사장님 사진 걸어두고 오래오래 감사드리는 마음
으로 사진하며 살게요."

이제는 벽돌집이 그 전보다 더 좋아질 것 같다. 현장에서 함
께 새참 먹으며 이야기 나누고 한 장 한 장 공들여 벽돌을 쌓
아주시던 조적공 할아버지들의 손길이 생각날 테니 말이다.

집을 지으면 10년 늙는다고들 한다. 집을 다 짓고 보니 왜 그
런 말이 나왔는지 조금은 알 것 같다. 10년 동안 겪을법한 일
들을 1년 사이에 속성으로 겪게 되고 매 공정마다 현장에 오시
는 분들을 만나다 보면, 정말 10년 동안 만날 사람을 집 짓는
동안 다 만나게 되는 것 같다. 그 말은 정말 다양한 삶의 유형
을 간접적으로 경험한다는 뜻. 어떤 이는 굴삭기로 터를 다지
는 일만 한다. 어떤 이는 그 위에 거푸집만 만들고, 어떤 이는
철근만 엮는다. 어떤 이는 깜깜한 곳에 불을 밝히고, 어떤 이
는 물이 흐르게 하고, 어떤 이는 나무로 집을 짓고, 어떤 이는
벽돌을 쌓아 올리고, 어떤 이는 벽돌 사이의 메지만 넣는가 하
면, 어떤 이는 미장만 한다. 또 어떤 이는 타일을 붙이고, 다른
이는 페인트만 칠하고, 심지어 실리콘 치는 일을 평생의 업으
로 삼는 분도 계신다. 그래서 건축은 누군가가 평생을 두고 공
부한 노하우들이 집약되어 있는 '단체전' 같다. 아무리 작은 볼
트 하나도 쓰임이 있고 세상에는 생각보다 훨씬 다양한 직업이
있다. 그러니 아이들에게 시험을 망치고 원하던 대학에 떨어지

고, 빛나는 스타가 되진 못해도 낙담할 필요가 전혀 없다고 말해줄 수 있을 것 같다. '집을 지으면 10년 늙는다'는 말은 다름 아닌 10년 더 성장한다는 뜻. 그 다양한 삶들을 직접 눈으로 보고 경험한 것만으로도 인생의 큰 공부가 되었다.

그렇게 지은 집의 이름은 민제, 효제, 우진. 삼 남매 이름에서 한 글자씩 따서 '민효진家'로 부르기로 했다.

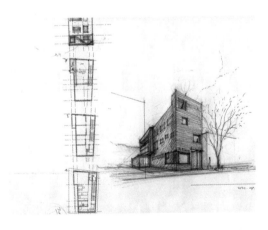

설계_에이엠건축사사무소

갈치구이
뱃속에서 나온
슬라임 파츠

　부엌일을 좋아하는 편이지만 손도 꼼짝하기 싫은 날이 있다. 그런 날은 이런저런 핑계 삼아 아이들이 좋아하는 국밥 세 그릇을 시켜 끼니를 대신한다. 그런데 배달 온 비닐봉지를 열자마자 나오는 한숨. 내가 과연 국밥을 시킨 건지, 아니면 플라스틱 그릇을 시켰더니 국밥이 딸려 온 건지 헷갈릴 정도다. 소금 하나, 소스 하나도 각기 다른 일회용 통에 담겨 있고 밥과 국, 몇몇 가지 찬을 더하면 플라스틱 용기가 한 봉지 가득하다. 우선 허기는 채웠지만, 더 무거워지는 마음. 잠시의 편리함과 맞바꾼 대가는 미래 아이들의 몫으로 오롯이 남을 것이다.

맛있게 밥을 먹던 아이들이 그런 나의 눈치를 슬쩍 살핀다.
"엄마, 맛이 없어?"
"국밥은 맛있는데, 약간 플라스틱 맛이 나."
아이들에게 이런 상황을 어떻게 이야기해야 할까? 플라스틱의 과도한 사용이 일으키는 환경적 부담이나, 분해되는 데 필요한 시간, 소각 시 발행하는 수백 가지의 유해 물질 같은 어려운 설명보다는 기왕이면 아이들의 언어로 쉽게 말해주고 싶다.

준비물만 사 오자고 단단히 약속하고 아이와 함께 문구점에 갔다. 그러나 문구점에 도착하자 엄마와의 약속을 지켜야 한다는 것을 알면서도 눈앞에 펼쳐진 휘황찬란한 광경에 아이는 준비물을 다 사고도 쉽사리 발길이 떨어지지 않는 모양이었다. 뒤통수가 따갑도록 나에게 추파를 던졌지만, 모른 척 돌아섰다. 집에 돌아오는 길에 애꿎은 돌멩이를 발로 툭툭 차며 입이 삐죽거리는 아이. 나 자신도 이 상황을 어떻게 아이에게 이야기하면 좋을지 생각을 정리할 시간이 필요했기에 우선은 말을 아끼며, 저녁밥을 먹고, 잘 준비하는 아이 곁에 가만히 누웠다. 그리고 천천히 낮의 일을 꺼냈다.
"오늘 문방구에서 봤던 것 중에 제일 갖고 싶은 것 하나만 말해봐. 엄마가 고민해보고 다음 주에 사 줄게."

"음… 탐정 수갑, 가루 껌, 신비아파트 귀신 책, 미니 선풍기, 비밀 필통, 그리고 슬라임!"

그 조그만 입에서 봇물 터지듯 쏟아져나오던, 나도 알지 못하는 진귀한 물건의 이름들. 그중에서 하나를 고르기란 아이에게도 엄청난 고민이 필요했던 모양이다. 한참을 고민하던 아이가 말했다.

"드디어 결정했어! 파츠 슬라임."

"음…. 근데 엄마가 걱정되는 게 한 가지 있어. 파츠들은 너무너무 작아서 씻을 때 하수구 구멍으로 흘러가기도 하잖아. 반짝이도 그렇고. 그럼 그 파츠들이 바다에 도착했을 때 갈치가 덥석 삼켜버리면 어떡해?"

"갈치? 그건 내가 제일 좋아하는 물고기 반찬인데."

"갈치 구울 때 파츠도 같이 구워지는 거 아냐?"

순간 아이의 표정이 심상치 않았다. 갈치는 먹고 싶지만, 파츠를 먹고 싶진 않은 모양이었다.

"음… 그럼, 파츠랑 반짝이가 없는 거로 고를게."

"좋아!"

슬라임은 알록달록 화려한 플라스틱 파츠가 생명인데 아이도 한발 물러선 협상이 이루어진 것이다. 사실 그리 비싸지 않은 것, 그 자리에서 사주는 방법이 제일 쉽다. 아이 입장에선 우리 엄마만 유독 유별나다고 생각할지도 모른다. 갖고 싶지만 꾹 참아보는 것, 그러는 동안 한 발짝 물러서서 가장 원하는 단 한 가지가 무엇인지 생각을 다듬어보는 것. 그리고 지금 내가 한 선택이 후에 어떤 결과를 초래하는지 다시 한번 생각해보는 것. 엄마로서 그것을 가르치는 것이 몇천 원을 그냥 써버리는 것보다 값진 일이 아닐까?

가장 보통의
존재

나는 믿는 종교도 없고 딱히 갖고 싶은 것도, 절대적인 꿈도 없다. 좀처럼 화가 나는 일도, 좋아서 길길이 날뛰는 일도, 볼 때마다 설레는 연예인도, 꼬박꼬박 챙겨보는 TV 프로그램도 딱히 없다. 그리고 정치적 성향도 뚜렷하지 않다. 어쩌면 그런 내가 맨숭맨숭 재미없는 사람일지 모르지만, 그저 다섯 가족 모두 건강하고 고만고만한 날들을 평화롭게 보내는 것이 가장 큰 행복이다. 대단히 성공하거나, 많은 돈을 벌고 싶은 마음도 없는데 나이를 먹을수록 거창한 삶보다는 시시한 삶이 체질에 맞는 것 같다.

재재프로젝트 업무가 끝나면 나는 또다시 집으로 출근한다. 집에서 집으로 출근하는 요상한 근무. 바쁜 업무를 핑계로 미뤄두었던 이불 빨래, 냉장고 정리, 수납장 정리, 행주 삶기, 일주일치 장을 봐 쟁이고, 어영부영하다 보면 정말 하루가 다 간다. 집안일은 마르지 않는 샘물처럼 끝이 없고, 둘러보면 일거리가 차고 넘친다. 나는 무의식적으로 '내가 갑자기 죽으면?'이라는 생각을 늘 하고 사는데, 장례를 치르고 집으로 돌아온 가족들이 냉장고를 열어보고 '이게 도대체 언제 적 거야? 엉망진창이네.' 하며, 나의 죽음을 슬퍼하기보다 내 뒷담화를 늘어놓으면 어쩌지, 하는 생각. 나이 마흔 넘어 벌써 그런 생각을 하나 싶겠지만, 그런 생각을 늘 하고 살다 보니 내 주변을 정리하는 것이 습관이 되었다. 하루를 살아도 단정히 살고 싶고, 옷가지를 세탁해서 개켜두고 살림살이를 닦아 가지런히 놓아두고 싶다.

삼 남매가 다 크고 나면 나는 도시와 자연의 경계 어디쯤 달팽이 껍질처럼 내 몸에 꼭 맞는 아주아주 작은 집에 살고 싶다. 밥을 지을 최소한의 소꿉과, 낡아도 예쁜 몇몇 옷가지들과, 몇 번을 다시 읽어도 좋을 책 스무 권쯤 그리고 언제 들어도 좋은 음반 서너 가지면 충분히 꽉 차는 그런 작은집 말이다. 그 집에서 책을 읽고, 음악을 듣고, 나른한 오후 햇살을 느끼며 맥주를 마시고 싶다. 지금의 생활도 좋지만, 그때의 나를 상상하는 것만으로도 나는 즐겁다.

서른 중반까지만 해도 사계절 중에서 삼동 겨울을 가장 좋아했다. 볼을 에는 차가운 공기가 좋아서 부러 두꺼운 코트 안에 반팔 하나 달랑 입고 안과 밖을 쏘다니며 두 가지 계절 모두를 탐닉하던 계절. 눅눅한 습기 없이 바스락거리는 그 보송보송함도 좋았다. 속에 불덩이를 안고 사는 사람처럼 한겨울에도 냉장고에 든 차가운 물을 벌컥벌컥 마시고 따뜻한 차는커녕 미지근한 온도도 내키지 않아 냉커피에 든 얼음까지 바작바작 깨 먹곤 했으니까.

마흔을 훌쩍 넘기니 이제는 겨울에 내복 없이는 못 살고 뜨거운 차가 좋다. 내 속에 있는 불이 이제 다 꺼진 건가? 아무리 껴입고 껴입어도 매서운 겨울바람은 그 철통같은 옷감 사이를 비집고 들어와 맨살에 숭숭 와 닿는 듯 춥고, 춥고, 춥기만 한 겨울. 촉촉했던 피부는 가뭄에 논바닥 갈라지듯 건조해지고 너무 매끄러워 핀도 흘러내리던 고운 머리칼은 서서히 윤기를 잃어간다. 불룩 튀어나온 아랫배와 양팔에 새로 생긴 펄럭이는 날개. 하나둘씩 늘어가는 새치와 눈가에 생긴 희미한 주름들을 발견할 때마다 약간 당황스럽긴 해도. 그럼에도 불구하고 지금의 내가 좋다.

  순수했던 십 대를 지나 무모했지만 열정적이었던 스무 살도 무사히 보내고, 정신없이 애들 키우며 나를 잊고 살았던 서른을 지나 마침내 맞이한 이 마흔이, 기다렸던 봄만큼이나 반갑다. 그리고 앞으로 새롭게 맞이할 쉰의 봄과 예순, 일흔의 봄들은 또 어떨지 기대가 된다.

화면해설가

모두 잠든 후에 조용히 일어나 시작하는 나의 일. 커피를 한 잔 내리고 컴퓨터 앞에 앉아 이어폰을 끼고 영화를 본다. 숨소리 하나하나 장면 하나하나까지 보고 또 본다. 같은 장면을 한 번은 눈을 감고 한 번은 귀를 막고, 그렇게 오늘도 영화 5분 분량을, 세 시간째 보고 있다.

새로 시작한 일은 '화면해설가'. 시각과 청각 사용이 원활하지 못한 분들도 영화를 볼 수 있도록, 보이는 장면을 말로 설명해주고 어떤 소리가 들리고 있는지 소리 정보를 자막으로 만드는 일이다. 시각을 청각화하고 청각을 시각화하는 일이라고 해야 하나. 그렇게 만들어진 영화를 '배리어프리' 영화라고 한다. 'Barrier free'는 장벽을 허문다는 뜻이다. 투철한 봉사 정신으로 시작한 것은 아니다. 이제 나는 무엇을 해야 하나 고민하던 즈음, 하루는 딸아이가 이런 말을 했다.

"드디어 숙제 끝내고 남은 시간 동안 마음 편히 그림 그릴 수 있다."

"넌 그림 그리는 게 그렇게 좋으니?"

"응! 그림은 매일매일 그려도 또 그리고 싶고, 그릴 때마다 신나!"

"부럽다 야. 그런 일이 있다는 게."

"엄마, 지금도 늦지 않았어. 엄마도 좋아하는 일을 찾아! 일단 찾는 것부터 시작해 봐!"

어떨 땐 아이들이 오히려 인생을 꿰뚫고 있다는 느낌이 들 때가 있다. 지금 와서 무언가를 다시 시작한다는 것이 너무 늦진 않았을지 망설여지는 나에게, 아이는 누구든, 또 무엇이든 될 수 있다는 유연한 자세로 나를 이끈다. 그래서 일단 무엇이든 시작해보는 것을 시작했다. 우연한 기회에 시민이 영화 만드는 것을 지원하는 단체가 있다는 것을 알게 되었고, 배리어 프리 작가를 모집한다는 공고를 본 뒤 무작정 지원했다. 제품을 만들고 판매하는 일과는 또 다른 의미가 있을 것 같았다. 비단 장애인만을 위한 일은 아니다. 나 또한 먼 훗날에는 시력과 청력을 서서히 잃어갈 테니 이 일은 어쩌면 먼 훗날의 나를 위한 일일지도 모른다. 이처럼 시청각이 불편한 사람들도 문화적으로 소외되지 않도록, 분야를 개척해 길을 닦고 있는 사람들이 있다는 사실이 놀라웠다.

하지만 막상 시작하고 보니 배워야 할 것이 많고, 수학 공식처럼 정답이 있는 일이 아닌 데다, 이 일로 밥벌이를 할 수 있을지에 대한 확신이 생기지 않았다. 그러나 하면 할수록 잘 해보고 싶은 마음이 커지고, 내가 쓴 글이 누군가에게 작은 도움이 된다는 사실도 퍽 기쁘다.

처음 시작할 때만 해도 시청각 장애인분들에 대한 이해도가 부족해서 많이 헤매고 부정적인 피드백도 받았는데, 하다 보니 조금씩 요령이 생기는 것 같다. 새로 시작한 단편영화의 초

고를 넘기고 조마조마한 마음으로 답변을 기다리고 있었는데, 청각장애가 있는 한 분께서 사전 모니터를 해보시고는 '영화를 보는 도중에 불편함이 없었다.'라는 의견을 주셨다. '좋았다.', '재미있었다.'라는 표현보다 더 감동적인 평가이다.

이렇듯 지역의 열악한 환경 속에서도 좋은 주제로 영화를 만드는 훌륭한 감독들이 많고 해외 영화제에서 좋은 평가를 받는 작품도 많은데, 올해 지역 영화제작 예산은 '0'원이다. 삭감 정도가 아니라 지원을 전면 무효화한 것으로, 영화 분야 안에서도 더 작은 단위인 배리어프리 영화 제작 사업은 큰 타격을 받고 있다. 나라 살림하시는 분들이 고심해서 결정했겠지만, 지역 영화제작 업계에서는 쪼개고 쪼개어 더 쪼갤 것도 없는 예산으로 장비 대여와 교육을 편성해 요리조리 쓰고 있었건만…. 아예 지원을 끊어버리니, 제2의 봉준호 박찬욱 감독들은 어디에서 길을 찾을지 막막한 노릇이다.

인간은 함께 살아간다. 혼자 사는 사람도 알게 모르게 다른 사람과 관계되어 있다. 나는 아직 사람들과 어울리는 것이 서툴지만, 이 일을 시작하면서 관객이 될 누군가를 생각하는 날이 많아졌다. 그리고 그동안 장애라는 높은 장벽 앞에 극장의 문턱을 넘지 못하고 돌아섰던 한 명의 관객을 다시 관객석에 데려와 함께 영화를 관람하는 상상을 하곤 한다.

식물과
함께하는 삶

명품 가방은 도무지 뭐가 예쁜지, 왜 비싼 건지 잘 모르겠고 내가 부리는 유일한 사치는 가끔 새로운 꽃과 풀들을 맞이해보는 것. 금방 시들 것을 알지만 시든 꽃대는 골라내고 마른 잎은 떨어내주고 신선한 물을 받아주며 마지막 꽃잎이 떨어지는 순간까지 '예쁘다', '곱다' 해주다가, 꽃이 시들면 미련 없이 마음을 접고 이듬해 다시 그 꽃을 볼 수 있기를 기다리는 것이 나의 소소한 취미라면 취미다.

지난봄, 발코니에 두었던 철쭉이 작은 체구로 나무 전체를 덮을 만큼 꽃을 가득 피웠다. 그래서 이 나무의 전성기는 바로 지금인가 싶었다. 왜 사람도 못 본 새 낯빛이 고와지면 얼굴이 활짝 피었다고 말하지 않는가. 그런데 예년과 달리 꽃을 이상할 만큼 많이 피운다면 그 나무는 지금 죽어가고 있을지도 모른다. 자신이 살아갈 환경이 더 이상 안전하지 않다고 판단되면 죽기 직전 사력을 다해 마지막 번식을 위한 꽃을 피우고 시름시름 앓다가 죽는 것이다. 나무 속을 들여다보니 빼곡한 잎사귀 사이로 바람이 통하지 않아 흙에 곰팡이가 피고, 안쪽부터 서서히 가지가 마르고 있었다. 나무의 가지는 땅속의 뿌리와 대칭을 이루는데, 가지가 끝나는 지점이 곧 뿌리가 끝나는 지점이라고 한다. 잎은 무성한데 뿌리는 꾸깃꾸깃 포트에 구겨 넣고 있었으니 얼마나 숨이 막혔을까? 갑갑해도, 아파도 말 못 하는 식물의 마음. 그동안은 나무가 아플 것 같아 전정 작업을 피했지만, 우선은 살려야 한다. 지름이 더 넓은 분으로 갈아 심고 잎을 과감하게 정리했더니 바람도 잘 통하고 훨씬 가벼워진 느낌이다.

　농원에서 목련을 한 그루 보았는데 옮겨심기에는 시기적으로 조금 늦은 것 같아 망설이다가 탐스러운 꽃이 너무 예뻐 고민 끝에 데려와 뒤뜰에 심었다. 봄에 꽃과 잎을 틔우느라 힘이 들었을 텐데 또 새로운 땅에 적응하느라 한차례 몸살을 겪는

목련 나무를 보고 있자니, 말 못 하는 식물이지만 내가 괜한 욕심을 부렸나 미안하고 애가 탄다. 그래서 더 자주 들여다보게 된다. 나에게 온 이상 죽이지 않고 꼭 살려보겠다는 마음으로.

골목길 담벼락에 무심히 자라던 식물이 너무 예뻐 찬찬히 들여다보게 되었는데 이름을 알고 싶어 검색해 보았더니 '금계국'이었다. 어디선가 날아온 씨앗 하나가 척박한 도시의 축대 틈에다 꽃을 피워낸 것이다. 그러고 보면 인간은 오래전부터 식물의 삶을 들여다보기를 좋아했고, 아주 작은 식물들에게도 이름을 붙여두었다. '내가 그의 이름을 불러 주었을 때 그는 나에게로 와서 꽃이 되었다.' 이 아름다운 시를 학교 다닐 때는 시험 점수 때문에 억지로 달달 외웠었다. "시인은 정말 뜬구름 잡는 사람인가! 원래 꽃이었는데 이름을 불러줘야 꽃이 된다니. 대체 뭔 소리야!" 툴툴거리며 외웠던 시. 그랬던 시 구절이 마흔을 넘기니 이제야 가슴으로 읽힌다.

연약한 풀 한 포기도 반드시 꽃을 피운다는 사실이 놀랍다. 그리고 말없이 우리 곁에 머물며 이로운 호흡을 나누는 나무가 주는 위안이, 한 해 한 해 나이를 먹을수록 더 크게 다가온다.

몸, 섬

　어느 날 동네 카페에 갔는데 도심에서 좀처럼 보기 힘든 '인동초' 꽃이 피어 있었다. 나는 그 꽃 앞에 멈추었다. 오랜만에 보는 꽃이라 반가운 마음과 달리, 목이 메고 눈물이 흐를 것 같아 주문한 커피가 나오자마자 누가 볼까 부끄러워 얼른 돌아왔다.

　내가 살던 고향, 그곳에는 봄이 되면 인동초 꽃이 지천으로 피었는데 일대가 온통 이 꽃의 향기로 가득했다. 꽃잎은 한약 재로도 쓰였는데 매년 더위가 시작되는 늦은 봄, 할머니는 커다란 배낭을 메고 가시덤불 같은 산을 오르시며 이 인동초 꽃잎을 하나하나 따 모아 마당 가득 말리곤 하셨다. 한 번씩 어린 내가 따라가겠다고 하면 꿀이 달린 꽃잎의 끝부분을 몇 개 따다가 내 입에 넣어주시며 가시가 날카로우니 집에 가 기다리라고 하셨는데, 어린 나는 뒷산 초입에서 산속으로 난 길만 하루 종일 쳐다보았다. 그렇게 하릴없이 할머니를 기다리다 지칠 때쯤 뉘엿뉘엿 지는 해를 등지고 당신 몸집보다 더 큰 가방을 메고 할머니가 산에서 내려오시면, 나는 얼른 집으로 달려가 양푼 가득 시원한 물을 따르고 마중을 나갔다.

할머니는 며칠 사막을 헤매다 온 사람처럼 그 물을 벌컥벌컥 달게 잡수셨는데, 얼마나 더우셨는지 등에 지고 온 꽃잎이 금방 찜통에서 쪄낸 것처럼 뜨끈뜨끈했다. 그 꽃의 열기와, 고달프고 아름답던 향기 그리고 검게 그을린 할머니 얼굴에 맺히다 못해 뚝뚝 떨어지던 수많은 땀방울. 인동초 꽃 앞에 서자 그 모든 기억이 마치 어제의 일처럼 생생하게 떠오르고 눈앞이 흐려져 차마 그 꽃을 제대로 쳐다볼 수가 없었다.

시골에서 유년 시절을 보냈지만, 그때 나는 자연 속에 살고 있다는 생각을 미처 하지 못했다. 눈에 보이는 것이라고는 죄다 논, 밭, 과수원들뿐. 그때 그들은 '자연'이 아니라 '노동'이었다. 하루 종일 논, 밭에서 일하다 다 저녁에 흙투성이가 되어 집으로 돌아오는 것이 농부의 삶 아니던가. 배꽃이 탐스럽게 피어 꽃잎이 날릴 때도, 끝없는 논 지평선에 푸른 벼가 넘실거 릴 때도 별 감흥이 없었다. 대파꽃, 부추꽃, 상추꽃, 양파꽃 채소들도 일일이 꽃을 다 피웠는데 그땐 그게 안 보였다. 그저 도돌이표처럼 노동이 반복되는 계절이 시시하기만 했다.

'성인이 되면 도시로 나가야지. 그곳에서 새로운 삶을 시작할 거야.' 고등학교를 졸업하기만을 손꼽아 기다렸다. 흙을 밟고 서서 콘크리트 유토피아를 동경하던 시골 소녀. 하지만 그 후로부터 20년이 훌쩍 지난 지금의 나는 콘크리트 속에서 또다시 흙을 일구는 꿈을 꾼다. 다시 고향이 그리워 진 것일까? 그리고 사진처럼 선명히 떠오르는 얼굴 하나.

"얘야, 저기 담벼락에 앵두꽃 핀 거 봤나?"

"아이고, 무꽃 한번 봐라. 세상에!"

"뒷산에 참꽃(진달래)이 참꽃이…, 말도 못 하게 피었어."

힘든 삶 속에서도 꽃 한 송이 보고 소녀처럼 해맑게 웃으시던 할머니.

"여자는 자고로 잠이 없어야 한다. 그리고 풀(나물)을 많이 알아야 해."

공부하라는 말씀은 일평생 단 한 번도 하지 않은 할머니께서 이 두 가지는 늘 강조하셨다. 잠이 없어야 한다는 것은 그만큼

부지런해야 한다는 뜻. 그리고 산과 들에 가득한 풀 중에서 먹을 수 있는 것과 없는 것을 잘 구분하는 것이 여자가 갖추어야 할 가장 큰 덕목이라 여기셨다. 길이 없는 산에서도 그녀는 한 번을 헤매는 법이 없었다.

"저쪽 능선 너머로 가면 온통 고사리밭이야. 이것은 훈잎 나물, 이 길쭉한 건 원추리나물, 저기 저건 쌈 싸 먹는 곰취, 이건 참나물, 저건 씀바귀, 저 풀(떡쑥)은 떡을 해 먹을 수 있지.

"우와! 어떻게 그걸 다 알아요?"

"그야 다 먹어 봤으니까. 전쟁 때, 배고플 때. 그 시절엔 땅에서 돋아난 모든 잎을 모조리 다 뜯어먹고도 늘 배가 고팠지."

이제는 배가 고파 나물을 캐야 하는 시대는 아니지만, 나는 살아가는 동안 나무와 식물의 삶에 대해 조금씩 더 알아가고 싶다. 그들의 언어를 알아가는 것이 어쩌면 앞으로의 내 삶에 이정표가 되어줄 것 같은 막연한 믿음이 있다. 그리고 무엇보다도, 맨손으로 흙을 만질 때면 기분이 너무 좋다. 할머니에겐 생명을 이어주는 풀이었고 나에겐 자연의 깨달음을 일깨워주는 식물. 식물의 이름을 하나씩 알아갈 때마다 종종 할머니 뒤를 졸졸 따라다니던 어린 시절이 떠오른다. 어떤 책에서 '몸은 한 사람의 지나온 시간이 축적되어 있는 섬이다.'라는 문장을 본 적이 있다. 나의 몸 어딘가에는 할머니의 서사도 분명 섬으로 존재하는 것 같다.

산들

인간이라는 종이 생겨나기도 전 식물만 번성하던 시절이 수억 년이라고 한다. 그러니 인간은 식물의 오랜 진화 과정에서 낳은 자식에 불과하다고. 그런데도 인간은 고마움을 잊고 오히려 정복자의 시선으로 엄마인 숲을 더 많이 장악하려 애쓴다. 살아 있는 동안 어떤 형태로든 지구에 도움이 되고 싶고, 지금까지는 아이들을 돌보았다면 이제는 강인한 야생의 식물들을 더 자세히 관찰하며 살아볼 참이다. 그래서 더 늦기 전에,

큰 욕심 부리지 않고 뿌리가 있는 풀 한 포기, 나무 한 그루 더 심는 일을 시작했다. 나무를 베고 풀을 짓밟는 사람이 있다면 심고 가꾸는 사람도 있어야 균형을 잃지 않을 테니까 말이다. 삭막한 일상에 시원하고 기분 좋은 바람이 조금씩 일기를 바라는 마음으로 '산들'이라 이름 지었다.

  이 일을 시작한 이유는 단순하다. 사람은 열매가 있어야 산다. 주식으로 먹는 쌀과 밀도 모두 열매이니 다른 먹거리는 오죽할까? 꽃이 수정되어 열매를 맺는 방법은 여러 가지이다. 바람이 불거나(풍매화) 곤충이 옮겨주거나(충매화) 새가 삼켰다가 뱉어주거나(조매화) 물이 흘러주거나(수매화). 풍매화나 수매화는 자연에 맡기면 된다. 그런데 충매화는?
내가 벌이라고 생각해보자. 꿀을 찾아 길을 나섰는데 아무리 찾아봐도 꿀은커녕 시든 꽃 한 송이도 없다면? 목이 탈 것이다. 천적을 피할 은신처도 없다. 그러다 결국 벌은 죽는다. 꿀을 찾아 너무 멀리 날아와서 집으로 돌아가는 길을 잃어버릴 수도 있다. 하지만 한 집 건너 한 집에 꽃이 있다면? 아니, 두 집 건너 한 집에 꽃이 있다면? 적어도 세 집 건너 한 집에라도 꽃이 있다면? 그러면 살아가기가 훨씬 수월할 것이다. 힘을 내서 다시 부지런히 살아볼 것이다. 벌은 여기저기 수분을 묻혀가며 날아다니며 생물다양성이 유지되는 데 기여한다. 그리고 그 수혜는 인간이 가장 많이 누린다. 그러니 벌과 곤충, 새들

이 죽지 않도록, 험난한 비행에서 길을 잃지 않도록, 풀과 나무
가 꽃을 피울 수 있도록, 한 뼘 땅에라도 식물을 심는 것이 인
간의 도리가 아닐까?

　나는 이런 당연한 이치를 마흔이 넘어 깨달았다. 그동안은
나 크느라 바빴던 것 같다. 하지만 여든이 되려면 아직 멀었고,
그때까지 심는 것을 모두 합치면 작은 정원 하나는 만들고 죽
을 수 있지 않을까? 그렇게 오늘도 식물을 가꾸며 나 자신을
가다듬는다. 추운 겨울, 죽은 듯 모든 것을 비워내고 봄이 오면
어김없이 다시 움틀 준비를 하는 식물들. 환생이 있다면 바로
이런 것이 아닐까? 내일 당장 죽어도 후회 없을 만큼 하루하루
최선의 삶을 살고 싶지만, 다음 생애에 또다시 태어날 수 있는
행운이 나에게 주어진다면 나는 사사로운 들풀로 태어나고 싶
다. 그 누구에게도 해를 끼치지 않고 그저 햇살 한 줌, 바람 한
줄기, 빗물 한 모금 달게 마시다가 기꺼이 다음 식물에 거름이
되어주는 들풀의 삶은 얼마나 철학적이고 아름다운가. 그땐 너
그러운 엄마 같은 자연의 품속에서 쓸모에 대해 고민할 새 없
이 마음껏 피고 지며 살고 싶다.

반성의 디자인_재재

초판 **1쇄 발행** 2024년 6월 29일

지은이 김경란

펴낸곳 책책
펴낸이 선유정
편집인 김윤선

디자인 김정안 레스
교정 노은정

출판등록 2018년 6월 20일 제2018-000060호
주소 (03088)서울시 종로구 이촌로88길 3
전화 010-2052-5619
인스타그램 @chaegchaeg_book
전자주소 chaegchaeg@naver.com

ISBN 979-11-91075-17-5